LÀ OÙ LE FEU ET L'OURS

CORINNE MOREL DARLEUX

LÀ OÙ LE FEU ET L'OURS

Histoire de Violette

LIBERTALIA

DE LA MÊME AUTRICE AUX ÉDITIONS LIBERTALIA

Plutôt couler en beauté que flotter sans grâce

Actualité & catalogue complet : editionslibertalia.com

À Corvus.

« Autrefois les ours vivaient dans les forêts, les montagnes, les déserts et les terres gelées. Ils étaient respectés et redoutés. Toutes sortes d'histoires fantastiques d'ours féroces et libidineux circulaient.

Et puis l'espace s'est rétréci. Maintenant ils vivent avec nous. Nous qui avons mité leurs territoires d'axes routiers, de pipelines et de mégapoles. Qui avons coupé les forêts, dépeuplé les rivières et fait fondre la banquise. Les ours ont commencé à venir en ville pour se nourrir. On a vu de grands ours sauvages fouiller les poubelles pour survivre. Petit à petit, des rencontres se sont produites. Dans la promiscuité, des bagarres ont eu lieu, parfois des liens d'affection se sont noués. Mais désormais, avec les catastrophes et le dépeuplement, l'espace va recommencer à se dilater, le monde à se réensauvager.

Certains ours sont déjà repartis vivre dans la steppe. Certains humains aussi. Les villes se sont effondrées. La pluie a commencé à bouger. D'autres métamorphoses vont arriver. »

Anonyme

« C'était un jour radieux. L'air était animé du bruissement des toucans et de la course des margays dans les arbres à kapok. Le parfum entêtant des frangipaniers, le murmure du ruisseau coulant paisiblement à l'ombre des bananiers… Oui, c'était un merveilleux début de journée. Le matin où Violette et Têtard sont arrivés. Crasseux, exténués, maigres à pleurer. »

Princesse Cheyenne

Préparez-vous à faire un grand voyage.

PREMIÈRE PARTIE

LA STEPPE

« Le vent se lève, il faut tenter de vivre »

★

« Devant son regard, un plateau s'ouvrait à l'infini. La surface en était poudrée, comme d'une cendre au grain dur et grossier. Sur elle régnait la mort éblouissante des frigides soleils. Lumineuse au point de rendre toute lumière épaisse et aveugle, plus stérile que la nudité des laves noires, plus triste que les larmes des anges et plus belle que la beauté, cette plaine étalée à quinze mille pieds d'altitude n'était plus la terre des hommes. »

Les Cavaliers, Joseph Kessel

VIOLETTE

Au-dessus de la steppe, le ciel est encore pétrifié de la chaleur de la journée. On n'y distingue aucun oiseau, aucun nuage. Juste un long rideau couvrant la plaine, éblouissant et immobile, comme fait de sable vitrifié et de cendre mêlés. Le jour décline et Violette n'a toujours pas trouvé d'abri.

Le froid naissant et la fatigue font frissonner la jeune femme. Son regard parcourt pour la millième fois l'horizon. Une longue étendue sans relief, un résidu de brouillard poussiéreux. À perte de vue, le sol est jaune paille, parsemé de petits rochers beiges et du brun à peine plus soutenu des buissons. Faute de mieux, ceux-ci devront encore faire office de refuge cette nuit. Le jour a été brûlant, tout son corps la fait souffrir, Violette n'en peut plus. Au moins a-t-elle encore des provisions. Elle attrape un morceau de viande séchée qu'elle doit mâcher longuement avant de commencer à l'entamer.

Violette réajuste sur son front la lanière reliée dans son dos à un grand sac tissé qui lui permet de porter ses affaires et se remet en marche. Au fur et à mesure que la température baisse, elle doit faire des pauses pour empiler des vêtements par-dessus son débardeur. Un pull en laine très large conserve la chaleur dégagée par son corps. Tant qu'elle reste en mouvement elle ne risque rien. Mais elle doit à tout prix rejoindre un abri avant la nuit.

La jeune femme s'use les yeux à scruter du regard la plaine qui s'assombrit et découvre enfin une tache plus sombre parmi les broussailles. Méfiante, elle s'arrête pour l'observer. La tache ne bouge pas. Violette accélère le pas pour en avoir le cœur net avant que la lumière ne faiblisse. Dans ces vastes étendues plates, le soleil disparaît en quelques secondes et la nuit tombe, littéralement.

De plus près, la tache s'avère être une souche calcinée, vestige de l'incendie qui parcourt la steppe. Elle a la silhouette tordue d'un corps carbonisé. Violette frémit à cette pensée mais elle n'a pas le choix, pas le loisir de se fier à ses frissons. Une souche, même abîmée, est un bien meilleur refuge contre le vent et le froid qu'un ordinaire buisson. Un coup d'œil au ciel lui indique qu'il ne reste plus que quelques minutes de jour. Course de vitesse avec le soleil. Course contre la nuit. Contre le vent et l'incendie. Violette se sent soudain accablée, lasse à l'extrême de cette hâte forcée et permanente contre les éléments.

En une seconde, le jour n'est plus. Le rideau noir de la steppe avale le paysage. Violette est désormais aveugle. La souche n'est plus qu'à quelques dizaines de mètres. Elle avance à tâtons dans la direction que sa rétine désormais inutile a mémorisée. Ses bras trouvent enfin les branches dures, noueuses, sèches. Elle est arrivée.

Alors qu'elle défait son sac et s'enroule d'une grande cape pour se protéger du froid de la nuit, Violette sent sous ses pieds l'inclinaison d'une pente dans le sol. Elle découvre qu'une galerie assez large s'enfonce sous la souche. Violette hésite, mais, n'ayant pas croisé âme qui vive depuis des semaines, elle se raisonne, il n'y a pas de raison de s'inquiéter. Surtout, elle est exténuée, ce trou est une aubaine et l'assurance, rare, de passer une nuit protégée.

Ignorant ses réticences, elle s'y engouffre donc sans tergiverser, tire derrière elle son sac, sort son petit couteau de sa poche, se roule en boule et s'endort en un claquement de doigts.

BALAFRE

Réveillée par un grognement, engourdie de sommeil, Violette ouvre les yeux. Il fait nuit noire, son corps est encore douloureux des efforts fournis dans la journée. Hagarde, elle met quelques secondes avant de se souvenir et comprendre où elle est. Un nouveau grognement la fait sursauter. Le bruit est tout proche, à l'intérieur. Avec elle. Violette se force à maîtriser sa respiration et à calmer son cœur affolé. Ne pas céder à la panique. Ne pas bouger un muscle. Réfléchir.

Le grognement se situe à l'arrière, la sortie est de son côté. Mais Violette est piégée, impossible de prendre la fuite dans la steppe en pleine nuit : privée de la vue, son sens le plus aiguisé, elle serait perdue. Elle doit se résoudre à attendre le lever du jour, en restant aux aguets. Il faudra alors aller très vite, dès les premiers rais de lumière. Tout en essayant de se remémorer mentalement la disposition des lieux, Violette raffermit la prise de sa main sur son couteau, vérifie que son sac est bien à portée de main, se demande où elle a posé son chapeau.

Ses pensées défilent à toute allure. Elle n'essaie pas de les ralentir, de peur de s'endormir. Impossible de savoir combien il reste d'heures d'obscurité. Même en étirant son cou, elle ne parvient pas à voir les étoiles depuis cette cavité.

Elle se sent soudain prisonnière, angoisse, ses poumons manquent d'air. D'abri, la tanière est devenue piège enterré. Violette bande ses muscles pour maîtriser ses tremblements, inspire profondément. Elle n'a pas d'autre choix que de s'installer dans l'attente. Il n'y a plus de grognement, pas de mouvement. Juste le silence, le froid et la nuit.

À l'aurore, un pika, petit lièvre siffleur qui s'abrite dans les tas de pierres, fait retentir son cri strident. Un mince rayon de lumière se faufile dans la tanière. Violette ouvre les yeux et se maudit instantanément de s'être assoupie. Elle a perdu un temps précieux, le soleil commence déjà à réchauffer l'air extérieur. Mais ce court repos lui a redonné de la vigueur. Dans la tanière, de minces volutes de brume matinale jouent entre les racines. Violette entend une respiration basse et légèrement sifflante. Millimètre par millimètre, elle tourne la tête.

C'est un ours. Énorme. Blessé. Une longue balafre traverse son visage. Ses poils bruns sont emmêlés, coagulés de sang. Il a les yeux fermés. D'anciennes cicatrices se sont rouvertes sur son poitrail et son épaule. Il a une oreille à moitié déchirée, le museau lacéré. L'assaut a dû être violent. Violette s'assied et recule très lentement sur les paumes de ses mains.

Derrière l'ours, qu'elle surnomme *in petto* Balafre, elle distingue un autre corps, moins massif. Une femelle sans doute, trop silencieuse et immobile pour être encore en vie. Des touffes de poils arrachées se sont emmêlées entre ses griffes, signes d'un combat acharné. Les abris sont peu nombreux sur ces terres et la notion de territoire est mouvante et exacerbée quand il n'y a pas d'arbres à griffer, ni relief ni points de repère paysagers pour la délimiter.

Violette s'étonne que la femelle n'ait pas battu en retraite, issue habituelle de ces confrontations qui servent davantage à se mesurer qu'à tuer. Mais elle est interrompue dans ses réflexions : Balafre a ouvert les yeux et grogne sourdement vers elle en montrant les crocs. Il tente de se redresser, mais sa tête vacille et il retombe au sol lourdement.

Violette hésite désormais à fuir et calcule ses chances. S'il avait dû l'attaquer, le grizzly l'aurait déjà fait. En réalité, au vu de son état, il ne lui inspire guère plus que de la pitié et voilà des jours qu'elle ne s'est pas reposée. La seule idée de sortir marcher dans la touffeur de la steppe lui donne la nausée. Elle négocie avec elle-même : juste une nuit ou deux, pour reprendre des forces avant de repartir. Déroule ses arguments à voix basse : l'ours est inoffensif, mis hors d'état pour quelques jours, elle a encore un peu d'eau en réserve dans son bidon bleu et de quoi s'alimenter. Le besoin pressant de repos l'emporte finalement.

Infiniment soulagée, Violette sent tout son corps se détendre et, maintenant que les émotions de survie ne sont plus là pour le masquer, se rend compte qu'elle meurt de faim. Elle ouvre son sac et en sort quelques baies séchées qu'elle commence à picorer. Balafre ne grogne plus mais ses yeux suivent chaque trajet de la main de Violette, des baies à ses lèvres. Elle gigote, mal à l'aise. Le regard de l'ours la gêne. Il doit avoir très faim. Elle lui tourne le dos.

Rassasiée, Violette éprouve maintenant l'envie de s'étendre, de s'abandonner au désir d'immobilité. Elle a développé un rituel régénérateur qu'elle réserve aux temps calmes, une habitude dont elle a oublié l'origine mais qui lui procure beaucoup de bien. Ignorant la présence de Balafre, elle s'allonge en se contorsionnant et se plaque jusqu'à sentir chaque parcelle de son corps en contact avec la terre dure. De petits cailloux pointent dans son dos, la paume de ses mains balaye doucement le terrain poussiéreux, faisant remonter l'odeur du sol. Son esprit se laisse envahir par l'illusion de devenir racine, sa respiration ralentit et, derrière ses yeux fermés, elle se sent changer. Buste de bois, peau d'écorce… Veines parcourues de sève et d'humus… Ses doigts deviennent tiges et ses pieds s'allongent de lianes, la jeune femme devenue végétale s'échappe dans le sommeil, un pétale agité par la brise.

À son réveil, tous ses membres sont reposés, délicieusement détendus, plus légers. Il fait encore jour et l'ours dort toujours. Une de ses pattes s'agite, comme dans un tic idiot. Violette s'étire avec volupté et, sans faire de bruit, attrape de quoi grignoter dans son sac.

Balafre renâcle dans son sommeil et roule un peu de côté sur son épaule valide. Le regard attiré par le bruit, Violette se tourne vers lui et croit s'étouffer. Entre les pattes de Balafre émerge un couinement. Deux minuscules oreilles. Un ourson.

TÊTARD

Son cœur a fait un bond, Violette est clouée sur place de stupéfaction. L'ourson décharné ne doit avoir que quelques semaines. En un éclair, elle comprend cette fois la violence du combat entre les deux ours. Elle imagine parfaitement la scène. Balafre a attaqué la mère et son petit, s'introduisant dans leur tanière. La femelle s'est battue à mort pour défendre son ourson. Ce dernier, mis à l'abri par sa mère au fond de la cavité pendant la lutte, a dû ensuite être rattrapé par le froid et, cherchant la chaleur d'une toison, se sera réfugié dans les pattes du criminel, inconscient de l'ironie de la situation.

L'ourson vacille sur ses pattes en la fixant de ses yeux ronds. Instinctivement, elle ramène précipitamment ses mains contre elle. Mais honteuse de ce réflexe égoïste, elle se reprend et tend lentement sa paume grande ouverte vers l'ourson. Dans sa main, trois baies.

Le pas mal assuré, l'ourson avance timidement vers elle. Violette murmure des paroles apaisantes. Le petit animal s'arrête et lève son museau, comme pour mieux sentir, reprend son avancée, hésite en gémissant, puis, semblant abandonner toute précaution, colle finalement toute sa tête brusquement dans la paume de Violette. Mais dédaignant les baies, il se met à fourrager du museau, à lui lécher la main et à mordiller ses doigts. Il couine de plus belle. Sa petite truffe noire et humide fouille fébrilement. Délaissant la main, visiblement insatisfait, l'ourson se met alors à escalader Violette et se glisse tout contre elle, vient se fourrer sous son bras et y imprime de petits coups de tête. Il réclame.

Violette reste paralysée et ne réagit pas, interloquée par ce curieux manège qui la prend au dépourvu. Tout son univers, aussi loin qu'elle s'en rappelle, est constitué de solitude et de lutte contre des éléments hostiles, d'endurance et de volonté. Rien ne l'a préparée à se retrouver avec cette petite chose fragile et dépendante entre les bras. À gérer la vague d'émotion et de tendresse qui la submerge et semble lui dicter quelque chose qu'elle ne comprend pas. Qu'elle ne veut pas comprendre… Qu'elle ne voulait plus jamais entendre. Quelque chose qui tord son cœur et lui fait relever les pans de son maillot, machinalement.

Comme absente à elle-même, dans un geste dicté d'un passé lointain, elle découvre son sein. Le petit ourson se précipite, dérape en griffant légèrement son ventre et se met à la téter goulûment.

HORS LA TANIÈRE

Un mince tourbillon de poussière s'élève de l'horizon. Il n'y a pourtant pas de vent, pour une fois l'air est immobile. Violette est inquiète. Depuis quelques heures, derrière eux, elle sent une présence.

Il y a cinq jours qu'ils sont repartis de la tanière, poussés par la faim. Violette a longuement hésité, avant de quitter l'abri, à dépecer l'ourse morte. Non qu'elle éprouve des scrupules face à l'ourson, qui lui-même ne semblait d'ailleurs guère s'en émouvoir. Il était question de survie et il aurait été idiot de renoncer à la précieuse couverture de peau ainsi offerte pour se protéger des nuits glacées du désert. S'en couvrir et procurer ainsi de la chaleur à l'ourson était le plus bel hommage à rendre à sa mère. Mais elle a finalement dû renoncer. Avec son petit couteau, elle entamait à peine les trois couches de poil dense, il aurait fallu des journées entières de labeur que les maigres provisions restantes ne lui permettaient pas.

Alors, le petit étant encore trop faible malgré le lait et les baies pour marcher de longues distances, elle a placé l'ourson, baptisé Têtard, dans le sac hissé sur son dos et ils sont repartis sur la steppe, laissant leur abri. Balafre, sans qu'elle comprenne vraiment pourquoi, les a suivis. Ses plaies à peine cicatrisées, peut-être a-t-il senti qu'à trois, une fois dehors, ils seraient plus forts.

Ils avancent lentement. L'air est brûlant et le grand ours n'est pas encore complètement remis. Violette, tous les soirs, déploie des filets de rosée qui leur fournissent un peu d'eau au réveil. Trop peu. Dans la journée elle chasse des lézards, cueille des baies et des herbes au goût amer. Parfois, les grandes griffes de Balafre dénichent sous le sol un rongeur enterré pour échapper à la chaleur et fendent des cactées dont la succulence, cette capacité à faire des réserves, leur permet de disposer d'un peu d'eau. La nuit, le corps massif du grizzly leur sert de rempart contre le vent. Violette s'y pelotonne avec Têtard, glissé sous son maillot, qui tête en ronronnant.

Ils n'ont encore vu aucune trace de l'incendie qui ravage les terres sèches. Ni de la pluie, qui doit tourner plus loin dans la steppe. Violette guette à s'en brûler les yeux, jour après jour, mais il n'y a ni nuage, ni arbre, ni oiseau. Aucun signe d'îlot. La plaine semble définitivement aride et dépeuplée. Il faut continuer à avancer.

Quelques jours plus tard, ce n'est pas un tourbillon de poussière que Violette aperçoit sur une colline mais un cavalier. À contre-jour, sa silhouette se détache nettement. Il est seul sur son cheval, immobile. Il attend.

LE JARDIN ÉPHÉMÈRE

Violette n'a pas revu le cavalier depuis… quand était-ce ? Elle a perdu le fil du temps.

Chaque jour est un recommencement qui semble gommer les souvenirs. Violette longe depuis des heures une longue crevasse d'où s'échappent des fumerolles jaunâtres. La faille causée par la sécheresse est large, on pourrait y glisser une main. Le gaz qui s'en échappe étourdit les sens et embrume le cerveau. Violette titube et se sent vaguement ivre à chaque fois qu'elle croise ces fumées. Elle sait confusément que cela lui arrive régulièrement depuis qu'elle s'est mise en marche dans la steppe. Mais quand était-ce ? Impossible de s'en souvenir, elle n'arrive pas à se concentrer, elle est trop fatiguée et le gaz semble obscurcir ses pensées. Elle s'éloigne cette fois encore de la crevasse fumante avec la sensation d'y avoir abandonné des souvenirs, contre son gré. Comme si les vapeurs l'amputaient, au fur et à mesure, de son passé.

L'air sec et chaud qui entre dans son nez comme des gravillons à chaque inspiration, la gorge privée de salive qui semble ne jamais se dénouer après chaque déglutition, elle n'est plus qu'une longue et rêche épine. Sous son chapeau, ses cheveux sont collés d'une transpiration évaporée aussitôt sécrétée. Le vent, insidieux, envoie par milliers de minuscules grains de poussière irriter sa peau sous son maillot.

Elle a l'impression d'errer depuis des siècles et n'a pas la moindre idée de la direction vers laquelle se diriger. Balafre semble la suivre sans se poser de question. Quand le vent se met à souffler, Violette lui tourne le dos pour fuir l'incendie. S'éloigner du vent qui apporte le feu, à tout prix, c'est leur seul repère dans cet espace réduit à un interminable horizon.

Le paysage vibre sous l'effet de la chaleur, il lui semble que les pierres elles-mêmes fondent. Son cerveau se brouille, elle n'arrive plus à fixer ses pensées, elle ne sait plus qu'une chose, l'obsession reptilienne de la survie : ils doivent trouver la pluie, synonyme d'eau, de nourriture et de repos… de vie.

Alors qu'elle commence à perdre tout espoir de jamais trouver un signe, un indice qui lui donne une direction, un matin Balafre s'arrête soudainement, se lève sur ses pattes arrière et hume l'air à plusieurs reprises. Puis il se met en route de sa démarche pesante comme s'il suivait une piste, flairant l'air régulièrement. Violette, trop exténuée pour s'en amuser, remarque qu'il roule des épaules en marchant comme s'il en faisait trop dans l'expression de sa puissance. Même maigre et affaibli, l'ours dégage un sentiment de force auquel elle a besoin de faire confiance. Elle lui emboîte le pas, Têtard toujours accroché dans son dos.

Après quelques centaines de mètres, l'ours accélère, change de direction et se met à grimper sur une petite colline. Leur montée est ralentie par les cailloux qui se détachent et roulent sous leurs pieds. Le sac de Violette ne cesse de glisser. Têtard, impatient, essaye de s'en échapper pour voir ce qu'il y a devant. Quand ils parviennent enfin en haut de la butte, Violette tombe sur ses genoux.

Devant eux, enchâssée entre deux levées de terre, une minuscule vallée couverte de fleurs, au milieu de laquelle coule l'eau.

« Un jardin éphémère... »

Sa voix sonne bizarrement, elle a perdu l'habitude de parler. Violette s'est assise. Fascinée, comme à chaque fois, devant les prodiges de ces puissantes averses qui, en quelques heures, font germer les graines enfouies dans le désert. Le ruisseau est vif, les fleurs épanouies, les tiges encore vertes. Ils n'ont pas dû rater la pluie de beaucoup.

Son sac s'agite, Têtard proteste dans son dos. Elle défait la lanière et pose le sac à terre. L'ourson en sort et s'immobilise, émerveillé, devant son premier jardin éphémère.

Passé un moment d'ébahissement, Violette et Têtard se lèvent tous les deux d'un bond et dévalent la pente vers le ruisseau. Balafre est déjà en bas. Violette se jette à plat ventre sur la rive et recueille l'eau dans la coupe de ses mains. Elle y plonge ses bras, s'en asperge le visage puis, rafraîchie et débarrassée de la poussière qui collait ses paupières, se met à boire à petites gorgées.

Le ruisseau n'est pas bien épais, il n'est profond que d'une vingtaine de centimètres, mais ils ont été privés d'eau si longtemps que, pour Violette, il fait figure d'océan. De petites algues vertes ont poussé au fond, qui dansent légèrement dans le courant. Violette en arrache une poignée qu'elle savoure lentement. Fondantes, gluantes d'humidité, presque sucrées…

Les yeux fermés pour mieux savourer, elle a l'impression de renaître. Autour d'elle, la végétation se balance dans la brise. Tout est paisible. Balafre et Têtard se sont assis au fond du ruisseau et, à moitié immergés dans l'eau, lapent la surface joyeusement.

Mais alors qu'ayant épuisé ces joies, ils dorment étendus parmi les buissons de fleurs, à l'abri du vent pour la première fois depuis longtemps, Balafre se lève brusquement. En alerte, il se dresse sur ses pattes arrière et se met à grogner. Violette saisit son petit couteau.

ARRIVÉE D'UN TRIO

De l'autre côté du ruisseau arrive un petit groupe composé de deux hommes et un cheval. Celui-ci est bas et massif, la crinière courte et dressée, la robe jaune sable, la queue et l'extrémité des pattes noires. Ses naseaux frémissent, il sent l'ours et tape nerveusement du sabot. Un homme, le plus vieux, marche devant. Il est grand et mince, les cheveux grisonnants, l'air solide et franc. Son visage est souriant. L'autre est plus jeune, comme Violette. Brun, sec et élancé, le visage à moitié dissimulé par un foulard. Elle reconnaît sa silhouette : le Cavalier.

Protégée par Balafre qui s'est placé entre elle et les hommes, Violette serre toujours son couteau et le garde bien visible. Têtard, effrayé, est retourné se cacher dans le sac. Le trio s'arrête à distance, de l'autre côté du ruisseau. Au bout de quelques secondes de face-à-face silencieux, le vieil homme s'avance vers Violette.

« Retenez votre ours, mademoiselle, je vous en prie. Nous ne vous ferons aucun mal, c'est promis. Je m'appelle Atticus, lui c'est Maverick et voici son cheval Prevalski. Nous n'avons pas croisé de jardin depuis des semaines. Nos pieds sont blessés, nos gosiers secs et nos ventres affamés. Nous sommes épuisés et bien inoffensifs, mademoiselle, croyez-moi. »

Sa voix est grave, douce. Ses propos bienveillants. Violette a soudain terriblement envie de compagnie humaine. Mais elle réalise aussi qu'elle est une femme seule face à deux inconnus, munie d'un petit couteau, d'un ourson inoffensif et d'un grizzly dont elle est incapable de prévoir les réactions.

Alors qu'elle n'a toujours pas prononcé un mot, indécise quant à la posture à adopter, Balafre s'est rassis et mâchonne des herbes. Manifestement il n'est pas alarmé et se désintéresse totalement de la situation. Violette se sent d'un coup affreusement seule. Concentrée sur ses réflexions, elle ne voit pas Têtard sortir du sac à dos et s'avancer vers le ruisseau. Avant qu'elle ait eu le temps d'esquisser un geste pour le rattraper, l'ourson a traversé l'eau en pataugeant et grimpé sur l'autre rive. Le vieux, l'air attendri, s'accroupit vers lui et flatte de la main l'ourson mouillé. Têtard lui tend le dos et se met à ronronner sous les caresses. Atticus lève alors le regard vers Violette et sourit malicieusement. Pour lui, visiblement le choix est fait. Violette se décide enfin à répondre.

« Je m'appelle Violette. Le petit c'est Têtard et le traître qui mâche des herbes c'est Balafre. Ce n'est pas mon ours et il n'en fait qu'à sa tête. C'est à vos risques et périls donc. Mais ce jardin ne va plus durer très longtemps et ce serait gâcher que de le garder pour nous trois alors installez-vous et restez le temps qu'il vous faudra. »

VIE EN COMMUN

Finalement le jardin va durer encore une dizaine de jours avant de faner. Les hommes se sont installés un peu plus haut en amont du ruisseau et un rythme quotidien s'est installé au sein de la petite communauté. Ils se répartissent les tâches, partagent le repas en fin de journée, mettent en commun leurs quelques ressources et se rendent de menus services. La vie de Violette s'en trouve considérablement allégée. À ses heures perdues, elle monte sur la colline dans l'espoir de distinguer un îlot ou cueille des fleurs qu'elle dispose dans de petits paniers tissés d'herbes sèches pour égayer le campement.

Elle se sent de plus en plus en confiance avec Atticus et cherche à se rapprocher de lui sans trouver le moyen approprié. Tout lui semble déplacé, aussi elle se contente les premiers jours des saluts amicaux et des repas partagés. Enfin, un après-midi où ils ont pris de l'avance sur les besognes à effectuer, Violette, qui a remarqué le soin que le vieil homme tente d'apporter à sa tenue, s'adresse à Atticus :

« Dis, Atticus… J'ai remarqué que ta barbe te gênait et je… Enfin si tu veux bien, je peux t'aider à la tailler tu sais.

— C'est très gentil de ta part, Violette. C'est vrai que ce n'est pas très pratique à faire soi-même et je ne serais pas contre un petit coup de main, mais comment vas-tu faire ? Nous n'avons pas de lame ni de ciseaux.

— Moi j'en ai une ! »

Violette sort son petit couteau d'un air triomphant et en déplie la lame cachée en forme de ciseaux. Atticus, ravi, s'installe torse nu au bord du ruisseau. Une fois l'opération terminée, il passe avec satisfaction la main sur son menton, heureux de se sentir net et allégé. En retour, il aide ensuite Violette à se laver les cheveux en les frottant avec un peu de sable et de cendre dans le mince filet d'eau.

Les fleurs du jardin éphémère attirent de petits oiseaux, des insectes, des rongeurs et des lézards qui sont autant de repas pour Têtard qui, grâce à cette manne, grandit à vue d'œil. Il tête encore Violette le soir, mais c'est désormais moins par faim que par attachement à ces moments d'une grande douceur, poils contre peau. Dans la journée, l'ourson suit Atticus partout, se faufile entre ses jambes et réclame sans cesse à jouer. Il se méfie en revanche du grand ours qui n'a pas donné le moindre signe de rapprochement. Néanmoins, le jardin ne manque pas de distractions et l'on voit souvent une petite boule de poils, aux heures chaudes, gambader à travers le ruisseau, aspergeant tout ce qui passe à proximité, se jeter sur chaque brin d'herbe, se bagarrer avec les buissons et pister des rongeurs imaginaires à travers les fleurs.

Le Cavalier, lui, ne fait pas preuve de beaucoup d'appétit pour le jeu ou les moments collectifs et reste le plus souvent à l'écart de ce petit monde gai et animé. Il part régulièrement sur Prevalski et disparaît pendant des heures.

Un jour que Violette, pensive, suit sa trace faite de poussière soulevée dans la steppe, Atticus vient la rejoindre sur la colline. Il suit son regard et, d'un air qui semble étrangement triste à Violette, lui parle de ce nom qu'il a donné au Cavalier, Maverick.

« C'est le nom que l'on donnait dans les temps anciens aux chevaux sauvages qui, parce qu'ils refusaient l'autorité du mâle dominant, restaient à l'écart du troupeau et suivaient la harde à distance. Maverick est un peu comme ça… Orgueilleux et méfiant, mais il ne nous abandonnera jamais. »

Violette acquiesce en silence. Atticus se tait, plongé dans ses souvenirs. Puis il reprend, mais d'une voix si basse que Violette se demande s'il s'adresse vraiment à elle ou s'il réfléchit juste à haute voix.

« C'est curieux. Je me souviens parfois de détails si lointains… alors que je suis incapable de me remémorer à quoi ressemblait notre dernier îlot. »

Violette n'ose pas poser davantage de questions, qui pourtant lui brûlent la langue. Elle s'interroge souvent sur les relations entre les deux hommes, leur passé, se demande si le Cavalier est le fils d'Atticus : leur ressemblance est étonnante. Mais elle a peur de se montrer impolie si elle fait preuve de trop de curiosité, craint qu'Atticus ne la trouve intrusive et déplacée.

Elle préfère attendre qu'il éprouve lui-même l'envie de se confier. En attendant, elle ne rate pas une miette des conversations entre les deux hommes, mais en vain : économes de leurs mots, ils discutent peu et, quand ils échangent, c'est sur le temps qu'il fait, les tâches à effectuer ou l'organisation du campement. Violette n'en apprend pas plus sur ce duo à la fois lié et distant, comme s'il partageait un secret pesant.

Balafre, enfin, semble indifférent à tout ce qu'il se passe, au cheval et à l'ourson comme aux humains. Il consacre son temps à dormir, ne se lève que pour se traîner jusqu'au ruisseau et attraper de quoi se nourrir.

FESTINS

Violette sent le grand ours de plus en plus lointain et, comme pour lui donner raison, un jour Balafre disparaît. Au lever du soleil, un matin, il n'est plus là. La journée passe. Juste avant la tombée de la nuit, Balafre ressurgit, l'air fatigué et repu. Il traîne dans sa gueule une sorte d'antilope, peut-être une gazelle, qu'il vient déposer sans façon près du groupe avant d'aller s'allonger plus loin. Justement ce jour-là le Cavalier est lui aussi rentré de la steppe avec des herbes parfumées, quelques racines pas trop racornies et deux rongeurs. Alors qu'ils sont en train de préparer ce butin pour le dîner, il semble soudain inspiré et lance d'un ton impérieux que le dîner serait un festin s'ils pouvaient faire du feu.

« Non ! »

Violette refuse tout net, elle n'oserait jamais. Elle secoue la tête.

« C'est hors de question. »

Même ici, près du ruisseau, le feu la terrifie. Comme tous les habitants de la steppe, elle redoute l'incendie et ce réflexe de survie est profondément ancré en elle. Tout le monde sait que les averses du désert, en créant les jardins éphémères comme celui-ci, produisent aussi une végétation abondante qui va ensuite sécher très rapidement, par l'action conjuguée de la chaleur et du vent, et devenir combustible. Dès lors, il suffit d'une étincelle. Violette sait à quelle vitesse tout peut s'enflammer. Même son petit couteau est toujours enveloppé d'un chiffon pour ne pas risquer le moindre éclat de la lame au soleil.

« Dans la steppe, on ne joue pas avec le feu. »

Mais l'homme a faim de viande cuite et Violette finit par céder. Par précaution, elle insiste tout de même pour placer le foyer au plus près du ruisseau. Atticus dégage de bonne grâce la végétation tout autour, aidé par Têtard qui exerce ses jeunes griffes sur le sol meuble. Atticus sort ensuite une pierre à feu. Les brindilles encore vertes mettent du temps à s'enflammer, ce qui finit de rassurer Violette.

Au fur et à mesure du repas, particulièrement savoureux, son inquiétude initiale s'estompe. Elle doit admettre que c'est une soirée de fête comme elle n'en a pas le souvenir. Le feu chasse l'obscurité et la peur, il réchauffe les corps et les cœurs. Même le Cavalier, d'habitude si raide, se détend un peu. La viande grillée a enfin du goût et les racines, pourtant peu appétissantes d'abord, dégagent un doux fumet grâce aux herbes mélangées.

Au cœur de la nuit, rassasiés et détendus, ils s'endorment tous autour du feu. Tous, ensemble pour la première fois, partagent la même chaleur.

Le lendemain à l'aube, Balafre est de nouveau sur le départ. Mais cette fois, Têtard est prêt. L'ourson se dégage tout doucement de Violette, encore endormie, déterminé à suivre son aîné. Il se met à trottiner derrière le grand ours. Après quelques centaines de mètres, ils arrivent à un endroit particulièrement rocailleux. Têtard, intrigué, voit alors Balafre retourner les grosses pierres une par une. À chaque fois, il y fourre son énorme museau et semble manger le sol. Têtard voudrait pouvoir mieux l'observer mais il est trop petit, il y a trop de rochers et, craignant un coup de patte, il ne veut pas trop s'approcher. Alors il se dirige vers un caillou et le retourne, pour voir. Rien. Il va un peu plus loin, choisit une pierre plus grosse, la retourne. Et se retrouve soudain entouré d'une nuée de papillons de nuit, échappés de leur cachette journalière.

En l'air, au sol, sur ses pattes, son museau cherche à les attraper à l'aveugle. Il y en a des milliers, attirés là par les fleurs. Mais l'ourson inexpérimenté fait dans l'air des moulinets infructueux, ses petites dents claquent dans le vide. Dépité, il s'approche d'une autre roche et décide d'affiner sa technique. En se dépêchant, il arrive cette fois à attraper les papillons encore coincés sous leur pierre, par grappes entières. Mais c'est encore trop d'efforts. Finalement, avec l'entraînement et l'observation, Têtard trouve un moyen infaillible de chasser sans fatigue inutile : il se contente désormais de retourner la pierre d'un coup de patte, laisse les papillons s'envoler, s'assied et attend simplement qu'ils reviennent se poser sur ses pattes avant. Il n'a plus alors qu'à les lécher et le tour est joué.

DANS LA STEPPE DE NOUVEAU

La vie est douce dans le jardin, mais tous savent qu'elle aura une fin. Après avoir retardé autant que possible le départ, le petit groupe doit finalement se résoudre à quitter le lieu. Le ruisseau n'est plus qu'un filet d'eau, les pétales des fleurs sont déjà flétris, les tiges ont commencé à pâlir, le vent s'est remis à souffler. C'est le signe de la fin. Dans quelques jours, avec la chaleur, tout sera entièrement sec et le vent risque d'apporter l'incendie. Il faut bouger.

Le camp est rapidement levé et, sans avoir eu besoin de se concerter, ils décident de repartir ensemble. Ils forment un groupe désormais. Le Cavalier chevauche devant, en éclaireur. Violette, Têtard dans son dos, suit avec Atticus. Balafre ferme la marche. Comme Violette en a pris l'habitude, ils avancent dans la direction opposée au vent. Celui-ci, soufflant dans leur dos, facilite leur progression, mais la chaleur reste étouffante.

Leurs sacs sont pleins de provisions, d'eau, d'algues et de racines, de viande séchée. Atticus a même réussi à concocter une sorte de pâte grumeleuse avec les pétales du jardin. C'est un peu sec et pas très nourrissant, mais ça se conserve bien. Violette, elle, a pu remplir un de ses bidons de rosée et l'autre d'eau du ruisseau filtrée à travers un linge fin. C'est la première fois, aussi loin qu'elle se souvienne, que ses deux bidons sont pleins. La charge lui scie les épaules mais elle est reposée. Elle a de quoi boire et manger. Elle a des compagnons. Devant elle, la vaste plaine n'a jamais eu l'air aussi accueillante.

La petite caravane s'est arrêtée à l'ombre d'un buisson. Alors que les autres en profitent pour se reposer, manger ou se masser les pieds, le Cavalier ne tient pas en place. Il a à peine touché à sa part quand, n'y tenant plus, il se lève nerveusement et lance un lapidaire « Je reviens ». Violette le voit couvrir le bas de son visage d'un foulard pour se protéger de la poussière, enfourcher brutalement Prevalski et, d'un coup sec du talon, repartir sur le chemin qu'ils viennent d'emprunter. Les autres n'ont pas d'autre choix que de rester plantés là, sans explication.

Une heure passe, puis deux, puis trois… Atticus semble perdu dans ses pensées. L'attente s'allonge et Violette commence à s'agacer. Elle marche de long en large et trace des sillons dans le sol sableux. Atticus sort de sa rêverie et la regarde calmement.

« Après tout Violette, ici ou ailleurs, quelle différence ? Nous n'allons nulle part. Nous ne faisons que fuir l'incendie et chercher la pluie, alors qu'ils tombent au hasard… Aussi bien la pluie arrivera ici. Et puis regarde cette sorte de bosquet qu'on devine à l'horizon, comment savoir ? C'est peut-être le signe de la pluie, mais ça pourrait aussi être le prochain incendie. »

La colère de Violette est instantanément retombée. Elle se sent inquiète, décontenancée par le ton d'Atticus. Mais celui-ci reprend en souriant.

« Distinguer ce qui dépend de soi et y concentrer ses efforts, identifier au contraire ce contre quoi il est vain de prétendre lutter et l'accepter, est-ce que cela ne relève pas davantage de la sagesse que du renoncement, Violette ? »

Et il ajoute :

« Si la chance est avec toi, pourquoi courir ? Et si la chance n'est pas avec toi, pourquoi courir ? »

Mais alors qu'il commence à lui expliquer l'origine de ce proverbe, attribué à un vieil homme nommé Guardi Guedj, Violette l'interrompt et, d'un signe de tête, lui indique un tertre isolé : un petit nuage de poussière à son sommet y annonce le retour du Cavalier. La main en visière pour ne pas être éblouis, ils suivent sa progression. Violette étouffe un cri de surprise : le Cavalier n'est pas seul. Derrière lui, sur le cheval, on distingue la silhouette d'une femme.

BÂTON ROUGE

La femme s'appelle Emma, mais le surnom de Bâton rouge lui restera. Car Emma possède une petite boîte en bois de forme allongée dans laquelle elle mélange de la poudre de pollen avec la sève des buissons qu'ils croisent. La mixture donne une sorte de pâte onctueuse, rouge vif, qu'elle dépose du doigt sur ses lèvres aux moments les moins appropriés : il faut se dépêcher, elle met du rouge sur ses lèvres. Le moment est grave, du rouge sur ses lèvres. Tout le monde attend qu'elle parle… elle met du rouge sur ses lèvres.

Ainsi, quand ils arrivent enfin avec le Cavalier, elle commence par toiser Violette et Atticus du haut du cheval, comme pour les mettre au défi de la presser de questions. Puis posément, elle fait glisser le foulard qui masque le bas de son visage sur son cou, glisse sa main dans la poche de son jupon et en ressort sa petite boîte, l'ouvre et y plonge son doigt qu'elle applique ensuite avec ostentation sur sa bouche. Elle fait claquer ses lèvres l'une contre l'autre, les humecte, puis l'air enfin satisfaite lance un sourire radieux aux deux amis médusés. Prevalski, impatient d'être libéré de sa charge, hennit et piétine le sol, soulevant de petits tourbillons de poussière. Le Cavalier est impassible, il n'a pas dit un mot.

Bâton rouge met enfin pied à terre. Elle a un instant de recul en découvrant Balafre qui somnole à l'arrière du buisson, mais se reprend rapidement et s'avance vers Violette, la main tendue.

L'arrivée de Bâton rouge semble avoir paralysé tout le monde. Même Balafre, soudain sorti de sa léthargie, ne la quitte pas des yeux, fasciné. Têtard, habituellement si remuant et facétieux, est comme hypnotisé. Atticus est muet, l'air stupide. Violette soupire intérieurement et s'avance vaillamment vers Bâton rouge pour lui souhaiter la bienvenue. Ils sont désormais deux femmes, deux ours, deux hommes et un cheval. Un clan, une tribu.

Bâton rouge est à peu près du même âge que Violette. Elle est aussi tapageuse que Violette est discrète. Ses cheveux roux, qu'elle porte détachés, coulent le long de son dos, éblouissants à la lumière du soleil. Elle porte un jupon large et épais, formé de plusieurs pans de tissus noués, qu'elle enlève l'un après l'autre le matin, au fur et à mesure que la température se réchauffe. Sa peau est laiteuse et lisse comme de l'ivoire. Un chapeau à bords larges et un fin voile blanc la protègent des rayons brûlants du soleil.

Assez rapidement, Violette comprend qu'elle n'a pas trouvé une alliée. Pas une ennemie non plus, mais Bâton rouge ne semble se soucier que d'elle-même. Elle accomplit ses tâches dans le groupe, cueille les herbes et les insectes quand c'est son tour, chasse rongeurs et lézards ou relève les filets de rosée le matin. Mais il n'y a jamais chez elle d'acte généreux, gratuit, qui aille au-delà de ces obligations. Jamais elle ne joue ni n'accorde d'attention à Têtard, qui, sa curiosité épuisée, finit par s'en désintéresser. Souvent, en fin de journée, Bâton rouge part sur Prevalski avec le Cavalier. Le reste du temps, Balafre marche à ses côtés, l'air subjugué.

Quand Atticus et Violette tentent d'interroger le Cavalier à son sujet, il reste obstinément muet et s'éloigne. Bâton rouge, elle, éclate de rire.

« Vraiment, vous ne vous souvenez pas, Atticus ? Incroyable. Votre fils avait donc raison. Le gaz de l'oubli offre des millions de possibilités... Et des milliers de pardons. »

Elle les regarde en pouffant.

« Atticus, ça n'a pas été toujours facile entre nous... Mais en vieil amnésique vous êtes vraiment mignon. »

INVENTAIRE

Un matin, Violette est réveillée par des éclats de voix. Celle, suraiguë, de Bâton rouge et le timbre plus grave d'Atticus. La veille, ils se sont tous réunis pour faire l'inventaire de leurs possessions et évaluer ce dont le clan dispose. Chacun a sorti de son sac ses provisions, vêtements et objets. Violette, son petit couteau à lames multiples, le Cavalier un vieux lance-pierres. De l'avis général, il est établi que Prevalski n'a pas à prouver son utilité comme monture et que Balafre met déjà un outil puissant, ses griffes, au service du groupe. Bâton rouge se remet un peu de rouge sur les lèvres en souriant d'un air provocant.

« Je vous apporte la grâce, les enfants. »

Têtard fait la tête car il n'a rien. Et Atticus, en plus de sa pierre à feu, sort un paquet enveloppé dans du tissu... Violette en reste bouche bée.

Le paquet contient trois vieux livres abîmés. Des grains de sable se sont glissés entre les pages et ont usé la trame du papier. Cette poussière de la steppe qui s'insinue partout est un vrai diable, les couvertures sont à demi effacées. Sur l'une on distingue encore le titre, deux silhouettes sur un cheval et le visage en gros plan d'un homme enturbanné. Sur l'autre, plus petit, les lettres ont disparu. Ne subsiste que le dessin très pâle d'un loup qui montre les crocs. Sur la dernière couverture, un visage de femme est posé sur une main, ses cheveux sont faits de vagues. Et un prénom : Suzanne.

Il est décidé que chacun conserve ses objets, en s'engageant à les mettre à disposition en cas de besoin ou de souhait motivé. Alors que Bâton rouge est en train de faire jouer les différentes lames du couteau, Violette, timidement, demande à Atticus si elle peut regarder les livres. Elle les prend précautionneusement entre ses mains, les retourne et fait défiler les pages, absorbée par la fuite des petits caractères imprimés. Elle tourne le visage vers le reste du groupe et d'une petite voix demande : « Qui sait lire ? »

Désormais à chaque fin de journée, avant que le soleil ne disparaisse et une fois emmitouflés pour la nuit, Atticus leur lit quelques pages. Violette a souhaité commencer par l'histoire de l'homme au turban. Têtard est à sa place, au chaud tout contre elle, seule sa tête dépasse de l'encolure du gros pull en laine. Bâton rouge commente à voix haute et s'exclame à certaines scènes. Le Cavalier, un peu plus loin, fait semblant de ne pas écouter mais se trahit parfois en serrant les poings. Balafre dort. Violette, elle, est captivée par le récit de ces courses de chevaux, pleine d'incompréhension devant la brutalité des hommes qui se battent pour une dépouille de bouc, horrifiée par les combats de chameaux et fascinée par la longue chevauchée à travers la steppe montagneuse d'un fils fier et blessé.

Le lendemain, Violette se lève en entendant les cris de Bâton rouge et d'Atticus. Alors qu'elle s'interroge sur ce qui peut bien provoquer toute cette agitation matinale, elle découvre Bâton rouge grimaçante, riant fort et d'un ton faux en bondissant autour de Têtard.

Violette sent son sang se glacer. La jeune femme, les cheveux roux en bataille, tient son petit couteau à la main et fait mine de menacer l'ourson. Violette, par réflexe, plonge la main dans sa poche. Le couteau n'y est plus. Atticus, bouleversé, essaye de reprendre l'objet en vain. Bâton rouge siffle moqueuse entre ses dents.

« Sale petit fauve, ça t'apprendra à fouiller dans mes affaires. Oh mais tu trembles ? Le petit a moins de courage que son Balafre de père… »

Savourant son effet, elle jette un regard fou à la ronde avant de continuer.

« Ah mais non, c'est vrai, ce n'est pas ton père. Juste l'assassin de ta mère… À moins que ce ne soit elle, ta mère ? »

Elle désigne Violette qui assiste à toute la scène, paralysée.

Tout s'enchaîne alors très vite. Sans que personne n'ait le temps de réagir, Atticus se rue sur Bâton rouge et la plaque au sol. Fou de rage, il lui arrache le couteau, saute sur Prevalski et part au galop. Le Cavalier, qui jusqu'ici observait la scène sans réagir, se lève en maugréant quelque chose à propos de *son* cheval. Têtard couine d'effroi, caché dans le sac de Violette. Bâton rouge, sonnée, s'est relevée et s'époussette machinalement. Étrangement silencieuse désormais, elle regarde le Cavalier avec un air repentant qui ne lui ressemble pas. Violette est totalement assommée par ce à quoi elle vient d'assister. Le Cavalier, lui, n'a pas l'air surpris. Il se dirige vers Bâton rouge, lui empoigne le bras sans un mot et l'emmène avec lui.

Violette finit par sortir de sa torpeur et se rue vers Têtard qui se blottit dans ses bras en gémissant. Son corps est trempé de sueur, il dégage une odeur âcre et métallique.

C'est la première fois que Violette voit Atticus s'énerver. La première fois que leur petit groupe connaît une dispute aussi violente. Elle est bouleversée de ce que Bâton rouge a révélé à l'ourson. Mais les mots dits sont comme des flèches qu'on ne rattrape pas et elle ne peut qu'espérer que Têtard ne les a pas compris. Tout en caressant doucement la tête de l'ourson qui, épuisé, est en train de s'endormir du trop plein d'émotions, Violette tente de reconstituer ce qu'il s'est passé. Têtard a peut-être chipé un bout de viande séchée, quant au couteau, Bâton rouge a pu se glisser jusqu'à sa couche ou encore il est tombé la veille au soir de sa poche. Mais elle ne comprend pas comment Bâton rouge a pu en arriver à un tel degré de méchanceté ni comment le paisible Atticus a pu se transformer en brute déchaînée.

Quand il revient le soir au campement avec Prevalski, Atticus a les traits creusés. Le Cavalier et Bâton rouge n'ont pas réapparu.

« Atticus… Oh Atticus, que s'est-il passé ?

— Dis-moi d'abord comment va le petit.

— Il va bien, Atticus, ne t'inquiète pas. Il s'est endormi tout de suite après, il a mangé et même un peu joué cet après-midi. Mais toi, est-ce que… Est-ce que tu veux en parler ?

— Je ne sais que te dire, jeune Violette. Quand j'ai vu Bâton rouge menacer l'ourson mon sang n'a fait qu'un tour. Et quand elle lui a lancé toutes ces saletés, ça a été comme… comme une décharge. Je ne sais pas l'expliquer, j'ai eu soudain l'impression très vive que je supportais son petit manège depuis tant d'années, c'était la fois de trop et j'ai explosé. »

Violette le laisse prendre son temps pour rassembler ses idées, sans intervenir. Atticus lui rend son petit couteau.

« Je n'en suis pas fier, tu sais. »

Il secoue la tête, l'air perdu et désolé.

« Je ne comprends pas… Cela ne me ressemble tellement pas. Cette fille est une diablesse. »

Le regard dans le vague, Atticus est reparti dans ses pensées. Il a l'air concentré, ferme les yeux un instant. Il semble chercher un souvenir qu'il ne trouve pas, finit par renoncer.

« Mais peu importe, tout ça ne m'excuse pas. J'aurais dû me maîtriser, la raisonner ou protéger Têtard et l'emporter. Au lieu de quoi je me suis comporté comme un fou furieux. Finalement je ne vaux pas mieux... Je me fais vieux je crois. C'est peut-être ça... »

Violette bout intérieurement de voir son ami s'affliger ainsi et à ces mots elle finit par s'enflammer.

« Atticus, tu ne peux pas dire ça ! Ce n'est pas de ta faute tout de même, elle était en train de menacer Têtard avec mon couteau ! Tu te rends compte ? Avec mon propre couteau ! Et ce qu'elle lui a dit... »

Un sanglot de colère et de peine l'interrompt. Atticus prend Violette dans ses bras.

« Allons, Violette. Personne n'est blessé et tu m'as dit toi-même que Têtard s'était apaisé. Il est jeune, il oubliera, à supposer qu'il ait seulement compris un traître mot de cette possédée. La nuit va bientôt tomber. Allons-nous coucher. »

Le lendemain matin, le Cavalier et Bâton rouge ont repris leurs places habituelles. Le réveil est morne et silencieux. Personne ne s'excuse, les regards s'évitent et, malgré le froid tombé sur le groupe, chacun semble vouloir prétendre que l'affaire est close. Au moment du départ, Bâton rouge marmonne quelque chose que personne ne comprend.

L'ACCIDENT

Quelques jours plus tard, le petit couteau va réapparaître de manière inattendue. Le groupe n'a plus évoqué le sujet, les relations sont encore tendues. Mais entre-temps leur chemin les a menés à une mince rivière et cette bonne surprise a momentanément dissipé les tensions. Un séjour de deux jours sur les rives, à un endroit plus profond, leur a permis de faire le plein de repos et de provisions, de toilette et de jeux dans le trou d'eau. Depuis, ils marchent en suivant le ruisseau, de plus en plus mince mais qui alimente encore quelques végétaux comestibles et attire insectes et petits animaux.

Alors qu'ils se sont arrêtés pour la nuit derrière une hauteur et qu'Atticus s'est un peu éloigné du camp pour trouver de quoi agrémenter le dîner, Violette entend soudain un cri. Quand elle accourt avec les autres, Atticus est à terre et se tient la cheville en grimaçant de douleur. À côté de lui, un petit serpent noir gît mort, la tête jaune écrabouillée. Avant que quiconque ait eu le temps de réagir, Bâton rouge demande son couteau à Violette d'une voix déterminée. Violette, sans réfléchir, lui tend le couteau. À la surprise générale, Bâton rouge se précipite sur Atticus. Elle lui entaille la cheville et y plaque sa bouche. Elle aspire et recrache méthodiquement le venin, laissant la trace rouge de ses lèvres sur la jambe glabre du vieil homme. Le Cavalier, un temps décontenancé, reprend alors ses esprits, arrache sa ceinture et fait un garrot sur la jambe d'Atticus. Celui-ci est pâle et peine à se relever. Violette d'un côté et le Cavalier de l'autre doivent le porter pour rentrer au camp.

Ils restent sur place plusieurs jours, le temps qu'Atticus se remette. La réaction de Bâton rouge a surpris Violette. Elle se dit que la diablesse n'est peut-être pas si mauvaise dans le fond. Mais elle n'a guère le loisir de s'y attarder, les journées comptent triple en ce moment : il faut soigner Atticus et pallier son indisponibilité pour les tâches du campement.

Après avoir déliré sous l'emprise de la fièvre de longues heures, le vieil homme semble aller un peu mieux le lendemain. Il recommence à s'alimenter, joue un peu avec Têtard, lit quelques pages le soir et arrive à faire quelques pas. Mais ses progrès s'arrêtent là. Force est de constater, après plusieurs jours, que son état stagne. Sa cheville est toujours noirâtre et gonflée, et Violette, jetant un œil à la dérobée alors qu'Atticus était assis, son pantalon légèrement relevé, a vu que le mollet avait pris une teinte grise. L'infection progresse et le vieil homme n'arrive pas à reprendre suffisamment de forces.

Personne ne lui en fait le reproche, mais tous savent que, dans la steppe, la règle numéro un est de rester en mouvement. On ne peut pas s'éterniser au même endroit, les ressources s'amenuisent. Le vent continue à forcir, la végétation autour d'eux est de plus en plus sèche. Tout le monde a en tête l'incendie, qui peut les rattraper d'un jour à l'autre.

Le Cavalier et Atticus s'isolent de plus en plus souvent tous les deux, le visage soucieux. Violette n'entend pas ce qu'ils se disent mais le Cavalier semble refuser avec vigueur ce qu'Atticus lui propose. Celui-ci a toujours le plus grand mal à marcher.

Un matin, alors que le Cavalier est allé guetter l'horizon, ils le voient soudain revenir au galop.

« Le feu ! »

Violette se précipite, hors d'haleine, en haut de la colline. Une immense colonne rouge sombre, marbrée de striures noires et brumeuse de fumée, s'élève dans le ciel au loin. Elle mure la steppe en ondulant comme une tornade vivante et bouche l'horizon sur des dizaines de kilomètres.

Violette a déjà vu des tempêtes et des brasiers, mais jamais d'aussi imposante conjonction des deux. C'est un *vent de feu*, provoqué par l'air incandescent de l'incendie, qui monte si vite qu'il laisse un vide dans lequel l'air environnant s'engouffre violemment, créant un cyclone brûlant. Et celui-ci se dirige vers eux.

Violette redescend en courant, paniquée. Le Cavalier a harnaché Atticus sur Prevalski, toutes les affaires ont été remballées à la hâte. Ils se remettent précipitamment en route. Terrifiés.

Dans leur fuite, tous se retournent régulièrement pour évaluer le danger. Ils croient sentir la chaleur de la fournaise leur lécher la nuque et irradier dans leur dos. L'incendie est si puissant qu'au loin des éclairs illuminent le ciel. Les flashs incandescents se réverbèrent sur le sable clair. Dans l'éblouissement, pendant quelques secondes, la steppe devant eux n'est plus qu'une grande lame d'un blanc aveuglant. Ce sont des orages secs, chargés de foudre, créés par la chaleur extrême que dégage le brasier et poussés par le vent.

La température continue à monter. L'air devient irrespirable, chargé de particules et de fumée. Les foulards que tous se sont mis sur le bas du visage sont devenus noirâtres. Ils ne filtrent plus rien et entravent la respiration. Seul Atticus, évanoui sur le cheval, porte encore le sien. Les pieds de Violette la font atrocement souffrir, la chaleur l'accable, ses veines sont gonflées, le sang bat sourdement à ses tempes, elle a l'impression que sa tête va exploser. Ils avancent depuis des heures. Elle ne sait plus d'où vient le danger, continuer ainsi jusqu'à succomber d'épuisement ou être rattrapés par l'incendie. Elle n'a plus qu'une envie, se laisser tomber au sol. S'évanouir, sombrer dans l'oubli, ne plus faire aucun effort. Ses pieds trébuchent sur chaque bout de roche qui dépasse du sol.

Têtard trottine en suffoquant à ses côtés, elle ne pouvait plus le porter. La respiration de l'ourson est hachée, ses poils trempés de sueur. Toute la troupe avance à grand peine. Le visage décomposé d'Atticus grimace à chaque pas de Prevalski qui, les naseaux fumants, roule des yeux exorbités par l'effort.

Malgré toute leur volonté, le groupe ralentit insensiblement le pas, exténué. Le feu, lui, se propage, poussé par le vent né de ses propres entrailles et se nourrit de tous les combustibles qu'il trouve sur sa route. Buissons, lézards, brindilles et insectes, tout brûle indifféremment, alimentant le cycle infernal du vent de feu.

La nuit va bientôt tomber. Des flammèches commencent à voler autour d'eux. L'air sent le brûlé. Tout a pris une teinte orangée. Le ciel semble rouillé.

Violette, éreintée, trébuche une fois de trop. Face contre terre, les mains et les genoux râpés par le grain de la steppe comme sur du papier de verre, elle n'a plus la force de se relever. Têtard s'approche d'elle en clopinant. Ses coussinets sont en sang. Il tente de lécher le visage de Violette, mais sa gueule est si desséchée qu'il ne parvient qu'à provoquer une caresse râpeuse sur sa peau.

Violette ne réagit pas. L'ourson vient se fourrer sous son bras et cesse lui aussi de bouger. Les deux corps gisent inanimés. Violette oscille entre le sommeil et la torpeur, elle se sent devenir légère et flotter comme en apesanteur. C'est très doux. Ses sensations s'estompent, la fatigue comme la douleur. Elle ne sait plus si elle est vivante ou déjà partie ailleurs.

Soudain Violette ressent comme une claque brutale sur tout son corps. Elle hoquette et se redresse sur un bras, le souffle coupé. Elle est trempée. Une fraîcheur délicieuse inonde tout son être. Avide, elle se met à laper la peau de ses bras, ses mains, ses épaules pour récolter la précieuse humidité. Le Cavalier vient de verser sur eux le dernier bidon d'eau.

« Debout ! »

Ils ont repris la marche après s'être tous aspergés des ultimes réserves. L'eau s'est rapidement évaporée mais les a tout de même un peu rafraîchis, suffisamment pour leur procurer un regain d'énergie jusqu'à la nuit.

Le soleil couché, ils ont continué à marcher droit devant, à tâtons dans l'obscurité, se guidant à la lueur du brasier derrière eux. À la chaleur accablante de la journée a succédé la nuit glacée.

Au petit matin, le feu semble enfin faiblir et reculer. Le vent a baissé. Les derniers kilomètres parcourus étaient nus, vierges de toute végétation. Les animaux ont tous fui devant la progression de l'incendie. C'est sans doute cette absence de combustible qui a enfin ralenti le feu, à moins qu'il n'ait fini, dans sa monstruosité, par avaler tout l'oxygène disponible.

Violette frissonne et claque des dents. La tête lui tourne à chaque geste. Elle ne sait plus si c'est de soif, de fatigue, de froid ou de faim.

Alors qu'elle se retourne fébrilement une nouvelle fois pour vérifier que les vents de feu n'ont pas repris, Violette voit Balafre se dresser soudain sur ses pattes arrière. L'ours, resté en queue du groupe, a flairé quelque chose. Son poil frémit. En regardant dans la direction vers laquelle il s'est tourné, Violette distingue effectivement une épaisseur plus sombre, qui ressemble à un bosquet, mais l'air vibre tellement de poussière qu'il trouble sa vision. L'ours retombe sur ses pattes, fait quelques pas en levant son gros museau dans l'air, s'arrête et se dresse à nouveau. Ses muscles tressautent sous la fourrure roussie.

Alors qu'il semblait au bord de l'apoplexie il y a quelques minutes seulement, Balafre se met soudain à courir comme un fou. Il dépasse le groupe à toute vitesse, effraie Prevalski qui fait un écart et manque de renverser Atticus, toujours inconscient, puis continue sa charge droit devant.

Violette, une fois de plus, tente de scruter la plaine, sans parvenir à fixer les contours de la tache tremblotante dans le jour qui se lève. Mais soudain Atticus, sur le cheval, cligne des yeux et se redresse en vacillant. Il semble avoir repéré quelque chose lui aussi. Il se soulève avec difficulté, un son inarticulé s'échappe en chuintant de sa bouche desséchée.

Son bras se lève, lentement. Il pointe du doigt quelque chose que les autres ne voient pas. Un pâle sourire éclaire son visage défait.

C'est un îlot, enfin ! On distingue des oiseaux volant au loin, au-dessus de la masse sombre qui grossit au fur et à mesure qu'ils s'en approchent. L'air commence à se clarifier, Violette respire mieux. Têtard, excité et curieux, en oublie ses coussinets endoloris. Le Cavalier a passé son bras autour de Bâton rouge pour l'aider à franchir la dernière étendue de steppe qui les sépare encore de l'objectif. C'est une troupe abîmée, mais comme ressuscitée, qui entend les premiers cris d'oiseaux. L'îlot est couronné de la canopée d'un arbre majestueux. Une légère brume l'entoure, indiquant de l'eau.

Quelques heures plus tard, Violette, Têtard, Balafre, Atticus, le Cavalier, Prevalski et Bâton rouge sont tous rassemblés dans une petite clairière, le gosier rafraîchi et le ventre plein. Épuisés mais sereins. À l'horizon le ciel est redevenu bleu, l'incendie a changé de course ou s'est éteint. Autour d'eux, un îlot composé d'un arbre, de pieds de rhubarbe, d'un petit jardin potager, d'une mare et d'un puits. Sur les rives de la mare, des joncs et des roseaux se balancent dans une brise légère. L'arbre filtre doucement les rayons du soleil. Des insectes volettent dans l'air, une grenouille invisible croasse dans les hautes herbes. Une nuée d'étourneaux murmure plus haut puis vient se poser comme un long nuage ailé sur les branches de l'arbre avant de s'envoler d'un coup, comme un seul être. Des guirlandes de coques et de fruits secs attachées aux branches de l'arbre forment, au moindre souffle, une mélodie aux sons mats, à la fois douce et entrechoquée. L'air sent l'humidité. De petits rongeurs sommeillent dans les trous noueux de l'arbre, des lézards glissent sous les pierres.

Têtard ronronne assoupi au creux de Violette, assise en tailleur. Balafre n'a pas pu s'empêcher, en arrivant, d'apposer sa griffade sur le tronc de l'arbre. Il s'en écoule de minuscules gouttelettes perlées de sève. Bâton rouge les a goûtées, elles sont sucrées. Puis elle est allée s'allonger, la tête calée contre l'épaule de Balafre qui dort en leur tournant le dos. Atticus se repose, assis contre le tronc de l'arbre près du Cavalier, le regard perdu dans ses rêveries.

Un seul homme est debout. Sur son épaule, perché, un hibou à l'air interloqué, ses deux grands yeux jaunes écarquillés, des touffes de plumes en panache de chaque côté. L'homme s'affaire, va et vient entre le puits et l'arbre, parle à l'oiseau, s'accroupit dans le potager, arrache des racines et des touffes d'herbe, remplit un panier tressé, revient, fouille, coupe, jette, repart vers l'arbre, inspecte la jambe d'Atticus, caresse la tête de Têtard, ramasse quelque chose dans la mare, regarde vers le ciel et sourit, heureux.

L'homme s'appelle Robinson. Ses mains sont parcheminées, son teint hâlé. Il finit par s'asseoir et se met à parler longuement. Il leur raconte qu'il vit là depuis des mois, peut-être des années. Il ne se souvient pas. Pas plus qu'il ne se souvient de sa vie d'avant. Comme la plupart des habitants de la steppe, sa mémoire s'enfuit comme si la lumière aveuglante de la plaine et les fumerolles qui s'en échappent éblouissaient l'esprit. Comme si la chaleur faisait fondre les souvenirs. Comme si l'incendie les carbonisait petit à petit, trésor intime réduit en cendres anonymes.

Il semble aussi que la solitude ait obscurci ses idées et lentement corrodé sa raison. Parfois, au milieu de son récit, Robinson s'interrompt brusquement et part dans de grandes envolées lyriques. Il se redresse alors comme s'il était habité et, le corps droit comme un piquet, se met à déclamer d'une voix forte des poèmes mystiques qui parlent de totémisations nocturnes, de Boules-Douces-Venues-Des-Arbres et de Grands-Chats-Qui-Volent. Les amis, désemparés, n'y comprennent rien.

« Il est un peu perché, non ? » murmure Bâton rouge. Mais alors Robinson semble revenir à lui et reprend d'une voix douce le fil de son histoire. Il leur explique le puits, qui était déjà là, les plants de rhubarbe et la mare aussi. Lui s'est contenté, à son arrivée, de planter les graines qu'il a trouvées dans ses poches. S'est construit quelques outils à partir de roseaux, de vieilles branches et d'une lame fichée dans le sol. Les étourneaux sont arrivés un jour d'orage et ne sont jamais repartis. Le hibou était déjà apprivoisé, croit-il, en tout cas il est venu se poser sur son épaule dès son arrivée. Parfois il ramène un mulot, un lézard. Ils s'apprécient.

Ici il peut faire du feu, il est à l'abri du vent et de l'incendie. L'arbre, parfois, attire la pluie, qui en une nuit réalimente la mare et le puits. C'est, comme il le dit en penchant la tête sur son épaule, son *petit paradis*.

Paradisiaque, après le tourment des vents de feu, l'effroi, la soif et la nuit glaciale, cet îlot l'est assurément. Le clan décide donc, avec l'accord de Robinson qui s'en montre ravi, d'y séjourner le temps qu'Atticus se rétablisse.

Parmi les graines plantées dans le jardin par Robinson, l'une a donné une herbe dense, vert sombre, aux feuilles dentelées. Chaque jour, Robinson en cueille une poignée qu'il se fourre dans la bouche et se met à mâcher. Il en recrache un jus noirâtre qu'il applique sur la plaie d'Atticus. Lorsqu'on lui pose des questions, Robinson sourit d'un air mystérieux sans répondre. Un peu inquiet au début, Atticus doit reconnaître, après quelques jours, qu'il se sent beaucoup mieux. Son mollet a repris une couleur normale et sa cheville ne le fait presque plus souffrir.

Des fourmis dans les jambes après ce long temps d'inaction, Atticus décide un matin de faire le tour de l'îlot avec Têtard. Celui-ci ne le lâche pas d'une semelle, frétillant de joie de retrouver son compagnon. Dans le ciel, les étourneaux forment un nuage immense qui semble doué de vie, se meut et se déploie avec une fluidité et une vélocité stupéfiantes. Le vieil homme reste longtemps à le regarder, fasciné par la chorégraphie des passereaux.

Arrivés à la lisière de la steppe et de l'îlot, ils tombent sur Robinson, occupé à ramasser des pousses vertes sur le sol caillouteux. « Des racines. Comestibles », sourit-il. Atticus lui rend volontiers son sourire. Il s'est pris d'affection pour ce drôle de type sympathique qui parle aux hiboux et connaît si bien les plantes. Atticus s'assoit et ils se mettent à discuter. Une discussion qui dure longtemps…

Alors que le jour commence à décliner, Atticus revient enfin à la clairière. L'îlot est éclairé d'un mince feu. Atticus se met à rameuter ses compagnons d'une voix enthousiaste.

« Venez tous… Allez, venez ! Têtard, va les chercher ! Bâton rouge, réveille Balafre ! Violette, Maverick, où êtes-vous ? Ah voilà, venez, venez ! »

Tous s'installent autour du foyer et s'apprêtent, intrigués, à écouter Atticus. Robinson les rejoint à son tour après avoir fini sa récolte, qu'il range soigneusement dans un linge humide. Il a l'air tout content et semble se réjouir au plus haut point de l'annonce à venir.

Alors Atticus se met à parler. Il leur raconte qu'un souvenir lui a été rendu cet après-midi, celui d'une oasis dont les gens parlaient quand il était tout petit. Toujours à mi-mots, en chuchotant dans le noir quand les enfants dormaient. Mais lui écoutait. Et il entendait les femmes parler d'arbres majestueux, hauts jusqu'aux nuages, peuplés d'oiseaux multicolores et de félins arboricoles. De fleurs odorantes dont le parfum enivre les hommes et pare les femmes de pouvoirs surnaturels. D'êtres mystérieux, capables de se métamorphoser à leur guise en panthère, en nénuphar, en libellule ou en rivière. Une oasis où la température est douce et égale en permanence, où l'eau coule paisiblement toute l'année, où l'incendie ne vient jamais. Un lieu béni des dieux. *L'Oasis*... Un mythe resté enfoui dans ses souvenirs d'enfant, qui vient de ressurgir ici, précisément, dans l'îlot de Robinson.

« Et si c'était vrai... Si l'Oasis existait pour de vrai ? »

Ménageant son effet, Atticus laisse passer un temps.

« J'ai longuement discuté avec Robinson. C'est un homme parfaitement sain d'esprit et il ne délire pas quand il parle de Grands-Chats-Qui-Volent et de Fruits vernis. Il n'a rien inventé. La voix qui lui souffle ces vers, il la connaît. Je la connais. C'est celle de sa mère. Et celle de la mère de ma mère avant elle. »

Un long silence suit ces mots. Les paroles d'Atticus ont laissé tout le monde coi, mais Violette, particulièrement, semble partie ailleurs. La jeune femme est immobile, le visage inexpressif, les yeux mi-clos.

Loin de cette impassibilité de façade pourtant, à l'intérieur, au plus profond de son être, quelque chose monte qui bruisse et frémit, se rassemble, prend son élan et enfle. Un essaim serré et bourdonnant de souvenirs qui remonte le fil de l'oubli. Des images et des sensations fugaces, volatiles, qu'elle a du mal à figer et saisir. D'abord dans un flux lent et confus, puis de plus en plus agités et acérés, bondissant comme une armada d'évadés, des souvenirs font irruption dans sa conscience, griffent, se percutent, heurtent les parois de son crâne. Le chaos est violent. Sa tête semble prise dans un étau. Violette voudrait hurler mais son corps ne répond pas. Elle aimerait les arrêter, mais la cavalcade n'obéit à aucune loi.

Alors la jeune femme se concentre de toutes ses forces et peu à peu arrive à focaliser son esprit. L'impression s'affine et se fait plus précise. C'est un sentiment de tendresse et d'effroi qui la saisit. Il y a de la glace dans ce souvenir et pourtant elle sent une présence chaude contre elle. Violette ne comprend pas. Elle s'entend murmurer des comptines à un bébé, les bribes d'un conte chanté qui évoquent un pays merveilleux où le feu est apprivoisé, les fruits savoureux et l'eau pailletée, un lieu peuplé d'humains à la démarche féline et d'animaux au regard humain. *L'Oasis... Son enfant.*

Autour du feu, le sourire d'Atticus s'est soudain éteint. Violette vient de s'effondrer au sol, évanouie. Tous se précipitent pour lui porter secours.

« Stop ! Laissez-la respirer ! »

Atticus et Robinson prennent les choses en main et écartent Têtard qui trottine malheureux tout autour de Violette et renifle son visage inerte. Robinson se dépêche d'aller chercher quelques herbes qu'il froisse entre ses doigts avant de les agiter sous le nez de Violette. Elles dégagent une odeur violente, âcre et poivrée. Violette fronce le nez, tousse et se redresse un peu sur son avant-bras. Elle semble égarée, regarde autour d'elle, met un temps avant de reconnaître les visages qui l'entourent. Quand son regard croise Têtard, elle pousse un cri étouffé et se laisse retomber au sol, foudroyée de chagrin.

Atticus reste toute la nuit auprès d'elle. Têtard a été envoyé dormir avec Robinson, auquel il s'est attaché. Malgré les tentatives pour le distraire, l'ourson est resté prostré, abattu, avant de finalement s'endormir. C'est la première fois, depuis la tanière, qu'il ne s'endort pas blotti contre Violette. Il a beaucoup grandi, sait chasser de petites proies et retourner de grosses pierres, mais ce n'est encore qu'un petit ours qui ce soir-là gémit dans son sommeil.

De l'autre côté du feu, Atticus caresse doucement les cheveux de Violette et lui murmure des paroles d'apaisement. Violette pleure et frissonne, encore et encore. Des heures durant elle s'endort par intermittence puis se réveille en sursaut. À chaque fois, Atticus est là pour la consoler et la rassurer. Sans poser aucune question, le vieil homme se contente de la tenir, la serrer dans ses bras, de l'ancrer pour qu'elle ne dérive pas.

Enfin, au petit matin, Violette ne tremble plus. Son regard semble rincé et elle a faim. Atticus sourit, rassuré. Il lui apporte quelques baies fraîches, du jus de rhubarbe et la regarde manger. Rassasiée, Violette lève le regard vers lui. « Merci ». Et se met à parler.

Violette raconte tout doucement, d'une voix brisée, qu'elle a eu un enfant… Son fils. Elle hésite, confuse, croit se souvenir qu'elle vivait dans un îlot alors, avec l'homme qu'elle aimait. Violette s'interrompt. Les yeux plissés, les mâchoires serrées, elle essaye de toutes ses forces de se concentrer, en pleure de rage et de frustration, mais elle n'arrive pas à se souvenir de son nom. Elle reprend tristement. Un jour la foudre a frappé leur arbre. Cette image-là est précise, elle voit encore le flash de l'éclair, frissonne à ce souvenir. Son compagnon est mort sur le coup.

Violette se souvient avoir creusé à s'en blesser les mains, avec ses ongles et son couteau, la terre sèche et dure avant de l'enterrer à la lisière du désert. Ensuite, elle a compris que l'arbre, fendu en deux, ne reverdirait jamais plus et que l'îlot, privé de son ombre et de sa respiration, était condamné. Alors elle a rassemblé ses affaires et quitté l'îlot, hagarde et accablée, avec la douloureuse conscience que dans la steppe, si le corps se fixe parfois, le cœur lui est condamné à l'errance.

Elle a marché longtemps sur la steppe, seule avec son bébé harnaché dans le dos. Le bébé pleurait beaucoup, elle lui parlait en marchant, le prenait dans ses bras, le berçait, lui chantait des comptines, le câlinait pour l'endormir. Mais rien ne parvenait à le consoler. Il avait faim. Épuisée, affamée, folle de chagrin, son sein s'était tari et elle n'avait plus assez de lait pour le nourrir. Un bébé minuscule et fragile, né trop tôt. Un nouveau-né de quelques jours qu'elle a perdu, loin de son îlot.

Le récit d'Atticus a fait renaître ce souvenir enfoui. Et elle a compris hier soir, en voyant Têtard, que des jours et des jours plus tard, alors que le souvenir du drame s'était effacé dans les fumerolles de la steppe, une fois son corps reposé et restauré, dans cette tanière l'appel de l'ourson a agi comme un cri immémoriel. Celui de tous les nouveau-nés du monde qui, de tous temps, a fait venir le lait dans la poitrine des mères.

Violette s'est arrêté de parler. Une larme roule silencieusement sur sa joue. Elle ferme les yeux longuement. Quand elle les rouvre, elle semble apaisée et s'adresse de nouveau à Atticus, d'une voix très douce.

« Dis… Tu crois qu'elle existe vraiment, cette oasis que je contais à mon bébé ? »

Têtard a retrouvé sa place au chaud contre la peau de Violette ce soir-là. Et Violette s'est enfin endormie en paix.

SÉPARATION

Le lendemain après-midi, voyant Violette rétablie, Atticus propose de reprendre la discussion interrompue par l'évanouissement de la jeune femme. Il avait soigneusement ménagé son effet sur la possibilité de l'Oasis et n'envisage pas de s'en tenir là. Tout le monde se rassemble donc à nouveau, Bâton rouge et le Cavalier manifestement de mauvaise grâce. Froidement, celui-ci prend la parole en premier.

« Puisque nous sommes tous là, autant en profiter. Donc voici le fond de ma pensée : nous devons repartir sans tarder. »

Têtard pousse un petit grognement fâché. Le Cavalier l'ignore et reprend.

« L'îlot de Robinson convient à un homme seul. À la rigueur il peut accueillir une ou deux personnes de plus, mais il ne va pas pouvoir nous nourrir très longtemps. Et si des orages de foudre arrivent, nous serons de toute manière plus à l'abri sur la steppe que sous cet arbre. »

À cette évocation de la foudre, Atticus jette un air inquiet à Violette, craignant que ça ne ravive de mauvais souvenirs, mais elle ne réagit pas. Le Cavalier continue.

« Atticus, tu t'es remis maintenant. Plus rien ne nous retient ici.

— Et l'Oasis ? », demande Violette.

À ces mots, le Cavalier lève les yeux au ciel.

« Sérieusement Violette, tu ne vas pas me dire que tu crois à ces bêtises ?

— Non seulement j'y crois, Cavalier, mais j'y vais. »

Il la regarde, interloqué, mais Violette semble très sérieuse, sa voix est décidée. Elle irradie une telle assurance qu'elle parvient même à l'ébranler un instant. Atticus profite de cette seconde d'hésitation pour prendre la parole à son tour.

« Amis, qu'avons-nous à perdre ? Allons-nous toute notre vie continuer d'errer sans but dans ce désert ? À fuir l'incendie, redouter l'orage et chercher la pluie ? À capturer quelques gouttes de rosée, déterrer des racines et grelotter la nuit ? Ou allons-nous nous mettre en quête de l'Oasis ?

Réfléchissez, nous avons tout à y gagner. Une oasis, si elle existe. Sinon, au moins nous aurons désormais un grand objectif pour nous guider. »

Ses mots sont choisis pour faire mouche. Les quelques jours passés ici avec Robinson, la chaleur du foyer, la mare, le puits, le jardin... Atticus espère que ces moments privilégiés, en suspendant la course infernale, rendront l'Oasis désirable et l'idée de repartir sans but, dans la steppe, insupportable. Mais le Cavalier a retrouvé toute sa superbe, l'air dur et fermé. Bâton rouge reste silencieuse. Son visage, indéchiffrable, n'a encore rien reflété de ce qu'elle pensait. Tous se tournent vers elle à présent.

« Et toi, l'encourage Atticus, qu'en penses-tu ? »

Bâton rouge prend tout son temps, sort l'inéluctable petite boîte en bois et pare soigneusement ses lèvres.

Quand elle prend finalement la parole, son regard est acéré et le ton fait pour blesser.

« Franchement je ne sais pas quoi dire. Un vieux conte de bonnes femmes à moitié mystiques, c'est ça que vous appelez un objectif de vie ? Et on va faire quoi exactement, vous allez la trouver comment, cette oasis ? Vous voulez que je vous dise ce qu'il va se passer ? On va marcher des années, à s'affabuler, à se raconter chaque soir les délices à venir, à se remplir la tête à éclater d'espoir, sans jamais y arriver. Et vous savez pourquoi ? Parce que l'Oasis n'e-xis-te pas !

» Alors quoi, passer toute une vie avec au creux du ventre un rêve qu'on aura bien nourri et cajolé, pour ensuite le sentir mourir un peu plus à chaque pas, c'est ça que vous voulez ?

» Mais vous ne voyez donc pas que c'est précisément de rêves dont on a le moins besoin, là ? Les rêves, ici…, soupire-t-elle, c'est le meilleur moyen de nous tuer ! »

Les propos, amers et cinglants, font l'effet d'une gifle à Violette qui sent ses joues s'échauffer et rougir. Atticus marque un temps d'arrêt, décontenancé par la charge, puis se reprend.

« Robinson, tu n'as encore rien dit… »

Ce dernier se lève alors très droit et, solennel, dévisage lentement chacun d'entre eux droit dans les yeux. Puis, affichant un air satisfait, il se redresse encore un peu et se met à déclamer d'une voix forte, en détachant chaque syllabe.

« Ici j'ai vécu, ici je mourrai, de l'Oasis inconnu. Mais vous y arriverez, au Shangri-La qui jamais ne s'assèche, îlot permanent sans vent ni incendie, baigné d'eau flûtée et peuplé d'amis. »

Robinson fait une pause, prend une grande inspiration et reprend.

« Le hibou m'a rapporté le propos d'autres oiseaux. Allez vers l'ouest, sans jamais faillir, par tous les climats. Et vous y arriverez. »

Le Cavalier se lève brusquement, hors de lui.

« Assez ! Ça suffit cette fois. Vraiment, bon sang, un fou pareil, c'est juste ce qu'il nous manquait. Faites ce que vous voulez, moi j'y vais. »

Il attrape son sac, marche d'un pas décidé vers son cheval et jette un dernier coup d'œil au groupe médusé. Bâton rouge, qui visiblement n'attendait que ce signal, se lève à son tour pour lui emboîter le pas.

« J'en ai plus qu'assez de vos niaiseries. Cette idiote-là qui s'évanouit avec son ourson, l'autre perché avec son hibou et toi, Atticus... Tu ignores encore combien de fois tu as été dupé.

» Voilà des années que nous voyageons ensemble, vieil homme. Des années que tu me hais et me supportes, pour lui. »

Elle fait face au vieil homme et lui désigne le Cavalier en souriant méchamment.

« Jusqu'au point de non retour, Anthony... Tu te souviens de ton fils Anthony, Atticus ? La trahison que tu ne pouvais pas excuser… Et alors c'est ce fils-là qui t'a mené, de ses propres mains, jusqu'au gaz de l'oubli.

» Tu n'as jamais voulu voir que nos visages étaient masqués quand le tien allait nu parmi les fumées. Tu n'as jamais compris.

» La steppe avale tes souvenirs, vieil homme. Elle m'a offert, contre ton gré, le pardon pour l'impardonnable. »

Atticus gémit. Il est tombé sur ses genoux.

« Pauvre vieux, je t'aimais bien au début mais je ne supporte plus tes airs de grand patriarche. Petit par ici, mademoiselle par là, tu parles… Un éclopé même pas fichu de nous mettre à l'abri. Surtout, tu n'aurais jamais dû t'interposer entre Anthony et moi. Ce jour-là j'aurais dû te tuer aussi ! »

Atticus semble avoir vieilli de dix ans d'un coup. Les yeux mi-clos, il halète comme s'il avait du mal à respirer. Le Cavalier, livide mais droit sur son cheval, n'a pas cillé.

Alors que Bâton rouge ramasse précipitamment ses affaires, Balafre, que tout le monde avait oublié et qui dormait à l'écart, se lève lourdement et va se placer à côté d'elle. Bâton rouge fait tourner son jupon, monte d'un geste souple sur Prevalski et enlace le Cavalier en leur lançant une dernière œillade.

« Ciao, les fous ! »

Une minute plus tard, ils ont tous les quatre quitté l'îlot. Et le clan.

DEUXIÈME PARTIE

L'OASIS

« Nous étions tous des noms d'animaux »

★

« [L'île] sortait de la brume. Mille arcs-en-ciel levés ou posés de biais joignaient les criques à des mornes. Des bosquets d'arbres à palmes, coupés de frondaisons carmin, scintillaient dans la vapeur d'eau, plus immobiles que le zinc… J'entendais soudain, comme celui de jets d'eau qu'on ouvre au jour, le bruit de cascades… Chaque arbre livrait l'oiseau rouge ou doré qu'il avait gardé toute la nuit en otage pour l'aurore ; et à dix mètres de moi, je voyais déjà réuni – pour que tout malentendu à ce propos fût dissipé dès la première minute entre la Providence et moi – […] tout ce qui pourrait jamais apaiser ma faim et ma soif. »

Suzanne et le Pacifique, Jean Giraudoux

PRINCESSE CHEYENNE

C'était un jour radieux. L'air était animé du bruissement des toucans et de la course des margays dans les arbres à kapok. Le parfum entêtant des frangipaniers, le murmure du ruisseau coulant paisiblement à l'ombre des bananiers… Oui, c'était un merveilleux début de journée. Le matin où Violette et Têtard sont arrivés. Crasseux, exténués, maigres à pleurer.

Je n'avais alors que douze ans. Je n'aurais pas dû me trouver là. C'était tôt le matin, bien avant l'heure des enseignements. Mais comme presque chaque jour, je m'étais éclipsée sur la pointe des pieds de la grande hutte pour aller retrouver Miyou, mon margay. J'avais rempli les poches de ma robe de friandises chipées à table : un peu de pain à l'hibiscus tartiné de miel, plié en deux pour ne pas empoisser ma poche et trois petites tomates vertes du bush bien juteuses.

Je m'apprêtais à faire deux grosses bêtises. Nul dans l'Oasis n'est censé nourrir les margays, ni essayer d'apprivoiser ou de domestiquer quelque habitant que ce soit. Et encore moins se l'approprier comme je le faisais dans mon for intérieur en l'appelant *mon* Miyou. Pendant les enseignements, les Mères savantes nous avaient expliqué que donner un nom, ou pire, affubler d'un possessif un être vivant est une manière d'en faire un objet à soi. Mais moi je n'étais pas d'accord :

donner un nom à mon margay c'était au contraire le moyen que je lui donnais de se distinguer de son espèce, de devenir un individu à part entière, et donc un sujet, et non juste un félin indistinct parmi tous ceux qui peuplaient l'Oasis.

Il y en avait beaucoup à l'époque, de ces chats-tigres arboricoles qui grimpaient dans les arbres à kapok en évitant avec agilité les épines qui nous condamnaient au sol. On les voyait sauter de branche en branche dans les paulownias au parfum de violette et les acajous au bois rouge, dans lesquels ils chassaient lézards, petits oiseaux ou rainettes bleues au hasard. C'était un ravissement de les voir, souples comme des lianes, se rattraper d'une patte arrière, grimper en spirale autour des troncs à une vitesse vertigineuse puis redescendre la tête la première.

Généralement les margays ne venaient pas vers nous et passaient leur vie dans les arbres, à chasser le jour et dormir la nuit, calés à la fourche d'une branche. Mais Miyou était différent. Un jour qu'accroupie je ramassais des pommes-noix au pied d'un cajou, j'entendis un léger craquement au-dessus de ma tête et en levant les yeux je le vis qui avançait précautionneusement vers moi, à l'affût, pas à pas. Comme pour jouer à la chasse. Le petit acrobate était un jeune mâle, le corps fin et élastique magnifiquement dessiné au pinceau noir, d'immenses moustaches fines et blanches, des griffes incroyablement aiguisées plantées dans le tronc. Il était tout simplement somptueux.

Mes mains étaient tachées du jus des pommes laissées trop longtemps au sol : mon ami Atlas, malade, avait manqué son tour de récolte. J'avais pris le relais mais un peu tard. Entre-temps les singes étaient passés par là, avaient séparé la noix du fruit et il ne restait que les pommes, qui avaient commencé à fermenter. Elles dégageaient un parfum à la fois âcre et sucré, celui de ces jus que les anciens buvaient tard le soir quand nous étions couchés.

Je restai immobile pour ne pas effaroucher le margay, retenant ma respiration. Je n'en avais jamais vu d'aussi près : les chats-tigres apparaissaient généralement en éclairs fauves qu'on avait du mal à suivre dans les frondaisons. Son petit museau rose pâle se fronçant pour capter mon odeur, deux billes noires grandes ouvertes qui me scrutaient avec ce qui m'apparut comme de la curiosité, il était désormais à portée de main, toujours aux aguets, ses oreilles rondes agitées en tout sens pour ne rien perdre des nombreux bruits de la forêt.

Je tentai, très doucement, de tendre la paume de ma main vers son museau pour qu'il puisse sentir le parfum de ma peau, avec l'espoir enfantin qu'il me reconnaisse la prochaine fois qu'on se croiserait. Le jeune margay miaula, pas très fort. Je ne bougeai pas. Il miaula encore, insistant cette fois en me regardant d'un air qui oscillait entre indignation et supplication. « Miiiyou ! » Ne sachant comment réagir, je ne bougeai toujours pas.

Je crus alors fondre de bonheur : Miyou fit trois pas vers moi, m'examina, se mit à renifler mes doigts et à y lécher le jus poisseux et sucré des pommes. J'eus du mal à ne pas sangloter de gratitude et de joie. Une fois satisfait, il me contourna en laissant sa queue s'enrouler dans mon dos, me chatouiller le cou et repartit de deux bonds agiles en escaladant un paulownia.

Les margays sont des carnivores et ils ne sont pas censés être gourmands, mais après ce jour-là, Miyou vint régulièrement me trouver pour réclamer de nouvelles sucreries et nous prîmes l'habitude de nous retrouver souvent en secret, à l'heure la plus tranquille de la journée, avant que la vie quotidienne ne s'éveille dans l'Oasis. Je l'appelais doucement au pied d'un arbre à la lisière de la forêt orientale, en faisant de petits claquements avec mes lèvres, l'appelant par son nom et tapotant de la main sur ma cuisse. Il arrivait toujours dans les minutes qui suivaient.

Ce matin-là, j'étais donc en route pour donner ses friandises à Miyou avant d'aller suivre les enseignements des Mères savantes. Je m'étais échappée tout doucement de la grande hutte, j'avais traversé la prairie, longé le lac – qu'on appelait communément l'étang et qui en réalité n'était qu'un contre-courant particulièrement vaste dans la courbure sud de la rivière – et j'arrivais juste aux manguiers, cajous, frangipaniers, kapokiers et à tous ces arbres qui, à l'est, formaient une haie verdoyante, dense et fleurie, bordure naturelle entre l'Oasis et la steppe.

C'est là que j'ai trouvé Violette et Têtard, près du ruisseau qui naît dans le sol poussiéreux de la steppe, résurgence d'une source irrévélée, puis traverse la forêt en ondoyant pour venir alimenter le lac. Je me suis toujours demandé s'il provenait d'autres eaux plus loin à l'est et, si oui, comment il traversait le monde souterrain de la plaine. En tout cas, Violette et Têtard avaient de toute évidence suivi le cours d'eau depuis la steppe jusqu'à parvenir à l'orée de l'Oasis.

C'était la première fois que je voyais des gens du dehors. J'étais encore une enfant, mais j'avais déjà entendu des récits d'habitants découverts échoués sur les rives du ruisseau ou au sud de l'étang. Certains étaient restés, d'autres repartis. Je ne savais pas qui. Une fois les nouveaux venus totémisés et devenus membres de l'Oasis, ces distinctions de provenance n'avaient aucun intérêt et personne n'aurait eu seulement l'idée d'y faire référence.

J'étais donc totalement éberluée certes, mais pas effrayée, de découvrir ces deux naufragés de la steppe, une femme et un ours. Ils faisaient peine à voir. La jeune femme était trempée de bas en haut. J'imaginais qu'elle s'était précipitée avec soulagement dans le ruisseau après la touffeur de la steppe. Elle semblait dormir, à moitié allongée dans l'eau. Elle avait les lèvres gercées par le vent sec et chaud. Ses cheveux noirs étaient coupés court, n'importe comment, de manière irrégulière, hérissés par endroits, aplatis et collés à d'autres. Elle portait un maillot en lambeaux, ses bras découverts étaient très maigres, ses coudes saillaient comme si l'os allait jaillir de la peau.

À côté d'elle, un ours assis semblait monter la garde avec peine. C'était un jeune mâle, déjà fort et massif, mais très affaibli. Je m'en rendis compte quand il fit mine de se dresser sur ses pattes arrière et retomba lourdement la seconde d'après. Le faible grognement qu'il m'envoya quand je tentai d'approcher était misérable lui aussi, comme éraillé. Néanmoins c'était un grizzly et cela restait assez impressionnant pour la petite fille que j'étais.

Aucun ours ne vivait dans l'Oasis, j'en avais vu un passer dans la forêt en l'an – 5 mais j'étais très jeune alors et j'en gardai peu de souvenirs. L'an dernier, un villageois avait entendu un rugissement mais nous n'avions pas croisé l'animal. Il était persuadé que c'était un ours, cela ne fut jamais confirmé. J'avais eu beau écouter avec un vif intérêt les récits des Mères savantes sur les plantigrades, m'amusant de leur attrait pour le miel et m'émerveillant de leurs capacités à grimper dans les arbres, tout comme mon margay, en voir un en chair et en os était une expérience déconcertante.

Je me souvins alors que j'avais toujours dans ma poche le pain d'hibiscus au miel de Miyou et tentai ma chance. J'en lançai un morceau vers l'ours, en restant à distance. Celui-ci prit à peine le temps de le sentir et se jeta dessus avec voracité. Je lui envoyai ainsi, bouchée par bouchée, la totalité du pain en me rapprochant un peu plus à chaque fois. L'ours accepta de prendre le dernier morceau dans ma main.

J'étais désormais juste à côté de la jeune femme, elle paraissait inanimée. Sa respiration sifflait, elle semblait exténuée, des sillons de crasse marquaient les lignes de son visage et de son cou, mais elle ouvrit les yeux quand je posai ma main délicatement sur son front. Je glissai entre ses lèvres quelques bouchées de tomates vertes après les avoir mâchées, craignant qu'elle ne s'étouffe si je les lui donnais en entier. Puis, surveillant les réactions de l'ours, je la pris très doucement dans mes bras. J'étais grande et forte pour mon âge, elle était légère comme une plume, je n'eus pas trop de difficultés à la hisser et, une fois debout, une main tenant son bras passé autour de mon cou, l'autre soutenant son dos et sa taille, nous fîmes quelques pas. L'entendant murmurer quelque chose, je m'arrêtai, inquiète qu'elle souffre ou se sente trop mal pour continuer. Mais quand je me tournai vers elle, elle souriait.

« Comment… comment t'appelles-tu, jeune amie ?, me demanda-t-elle d'une voix faible mais que je sentis pleine de bonté.

— Princesse Cheyenne, dis-je timidement.

— Merci infiniment de ton aide, Princesse… Je m'appelle Violette et voici mon fils, Têtard. »

Je regardai l'ours qui nous suivait. Il avait l'air abattu mais me fixa et dans ses yeux noirs flambait l'étincelle d'un brasier. Je décidai de l'interpréter comme un signe de reconnaissance.

Je me remis en chemin sans m'attarder, en soutenant Violette appuyée tout contre moi. Il n'y avait pas de question à se poser, ni crainte ni étonnement à éprouver, juste deux habitants à secourir et je devais me hâter.

Alors que nous arrivions en vue du village, notre trio initial, désormais escorté de nombreux habitants croisés sur le chemin, s'était fait multitude. Nous formions une véritable parade composée d'oiseaux multicolores et chahuteurs, d'une troupe éparse de dik-diks, nos petites antilopes craintives, du clan des six singes hurleurs de l'Oasis et de villageois.

Apache, mon père, sans doute alerté par l'un d'eux, nous avait rejoints et soutenait Violette de l'autre côté, allégeant d'autant ma charge. Tous les membres présents s'écartaient au passage de l'ours, dans un mélange d'admiration inquiète et de curiosité craintive. Dans le cercle formé par les huttes, une foule s'était rassemblée, alertée par les cris et l'animation. Au fur et à mesure que nous progressions, tous s'écartaient en effleurant la tête et les bras de Violette du bout des doigts pour lui souhaiter bienvenue et guérison. Les herbes de la clairière étaient humides de rosée sous mes pieds. J'avais l'impression de fendre les flots, d'être une héroïne. Je ne le savais pas encore, mais sauver Violette et Têtard était en train de devenir l'acte le plus important de ma vie.

Violette et Têtard furent tous les deux installés dans la cabane des absents, aux murs faits de poteaux de bois verticaux et de bambous tressés, au toit en feuilles de bananier, une petite hutte réservée à ceux partis trop tôt, trop loin, ou pas encore arrivés. Le village, dans la clairière principale, était composé d'une centaine d'habitations basses, huttes, cabanes et bungalows aux dimensions variées selon les usages des habitants. Certains vivaient à quinze sous le même toit, d'autres préféraient s'isoler dans un cabanon et naturellement le choix de chacun pouvait varier dans le temps.

En plus des cultures du nord de l'Oasis, on trouvait autour de chacune des habitations du village un petit jardin avec quelques légumes, des épices, mais aussi parfois du tabac ou des plants de chanvre. Partout autour, de cinq à dix mètres de hauteur, poussaient des frangipaniers, des manguiers et des bananiers. Dans les plus cossues des maisons, le sol était recouvert de bois violet d'amarante. Souvent les murs étaient renforcés d'une couche d'argile qu'on trouvait en bord de rivière et qu'on pouvait mélanger à des herbes sèches et souples avant de les laisser sécher pour obtenir de petites briques d'adobe. Le bois de cajou était utilisé également aux abords de l'étang pour repousser les insectes. Enfin, chaque lieu possédait sa propre cargaison de fleurs blanches de frangipaniers, ou violettes de paulownia, au risque toutefois d'attirer les abeilles qui s'en délectaient et fournissaient un miel liquide et doré.

Dans la cabane des absents, qui était désormais celle de Violette et Têtard, un paravent en bois rouge d'acajou avait été posé pour scinder la pièce unique en deux et chaque moitié disposait d'une couche rembourrée de kapok. Dès leur arrivée, de l'eau filtrée et des fleurs furent apportées dans des récipients en bambou évidé, ainsi qu'une pleine corbeille garnie de pain d'hibiscus, de miel, de bananes, de petites baies rouges et de tomates du bush. Deux Mères savantes, qui vinrent examiner et soigner Violette, conclurent qu'elle avait avant tout besoin de nourriture et de repos. Il lui fut tout de même recommandé de boire du jus d'écorce d'anacardier et des décoctions à base de racine de kapokier, ce qui, je m'en souviens, me fit de la peine pour elle, car c'était vraiment très mauvais.

Têtard, lui, ne se laissa pas approcher. Il se roula en boule contre un mur, se mit à lécher ses blessures et ignora superbement tous ceux qui l'entouraient. Mais quand la corbeille de nourriture fut apportée, j'eus tout d'un coup l'impression d'avoir devant moi un petit ourson : il redressa la tête et renifla l'air avec excitation, ses narines palpitaient et son poil frémissait. Il fut en un éclair sur la corbeille et se mit à laper le miel avec sa cire, en poussant de petits gémissements de délice. Il était vraiment drôle à voir et ça faisait rudement plaisir.

VISITE DE L'OASIS

Je fus chargée d'aller chercher Violette et Têtard à la cabane des absents le lendemain matin pour les amener à la rencontre du village, avec la précision expresse de ne pas sauter du lit à l'aube et de les laisser dormir malgré mon impatience. Il était prévu que je leur fasse visiter l'Oasis, leur explique nos manières de vivre et que, le soir venu, Violette s'adresse aux habitants pour raconter leur histoire.

J'étais tout excitée par ma mission d'ambassadrice, que je prenais très au sérieux. Même si cela me faisait rater ce matin-là Miyou et l'enseignement de vocabulaire des paysages, qui était un de mes préférés, l'idée de retrouver Violette et son fils me ravissait au plus haut point. Pour l'occasion je m'étais tressé les cheveux de manière à me constituer une couronne, dans laquelle j'avais piqué trois fleurs de frangipanier magnifiquement odorantes. J'éclatais de vitalité, d'envie de danser et chantonnais à tue-tête tout le long du chemin.

Quand j'arrivai à la cabane, Violette était levée et avait l'air reposée. Têtard me regarda avec curiosité. Il vint me renifler sans animosité sur le pas de la porte puis me poussa doucement du museau vers l'intérieur, j'en fus enchantée.

J'avais apporté une robe en trapèze large et souple à Violette, comme on en portait tous ici. Elle nous isolait du froid comme de la chaleur et n'entravait pas les mouvements que nous étions constamment appelés à effectuer. C'était de loin le vêtement le plus pratique et il était plébiscité par un grand nombre d'habitants. Elle l'enfila derrière le paravent. Je tentais, pour parfaire sa tenue de villageoise, de piquer dans ses cheveux une fleur violette de paulownia, la plus grande que j'avais trouvée, mais elle ne tenait pas. Il faudrait attendre que sa chevelure repousse.

Malgré ses cheveux courts et hirsutes, Violette était très belle à mes yeux d'enfant. Elle dégageait une assurance pleine de dignité, une nostalgie douce et triste qui m'impressionnait beaucoup.

Je me tournai vers l'ours, la fleur toujours dans mes mains. Il me fusilla du regard, comme pour me lancer un « N'y pense même pas ». Têtard avait encore un peu de miel collé dans les poils autour du museau. Le contraste avec son air de prince outré était irrésistible mais je réussis à contenir mon rire, glissai la fleur derrière mon oreille et nous nous mîmes en chemin.

La cabane des absents se situait au nord-ouest du village, entre le jardin commun et la forêt des grands arbres. Je décidai de commencer par le jardin où nous faisions pousser nos légumes, des épices, des plantes aromatiques et médicinales. Il était en bordure de rivière et, sur la rive, un espace était aménagé pour attraper des poissons et cueillir des algues, ou simplement se rafraîchir les pieds : une petite plateforme en planches de bois, des coussins de kapok pour s'asseoir et quelques marches pour descendre, bordé côté jardin de paulownias qui fournissaient ombre et azote. C'était un coin que j'aimais bien, à l'écart de l'agitation du village et assez peu fréquenté car la plupart du temps il n'y avait en réalité pas grand-chose à pêcher. On pouvait s'y reposer de la promiscuité qui parfois devenait étouffante dans la clairière, loin de la cacophonie des singes-écureuils et des dik-diks qui se cachaient sous les frondaisons.

Nous suivîmes ensuite la courbe de la rivière à l'ouest, par la forêt des grands arbres et je leur montrai du doigt les éclairs de margays qui zébraient la canopée. Têtard regardait en l'air, hypnotisé. Rétrospectivement, je pense qu'il devait mourir d'envie de grimper lui aussi mais n'osait pas céder à cet élan puéril qui risquait d'entamer sa dignité de jeune mâle. Les semaines qui suivirent, on vit fleurir sur les troncs des traces de griffades : l'ours avait marqué son territoire. Ce qui pour le coup était assez puéril, vu qu'il était le seul ours dans l'Oasis. Mais je me serais mordu la langue plutôt que de le lui faire remarquer et nul n'y trouva à redire.

J'expliquai à Violette les arbres à kapok qui nous fournissaient de quoi rembourrer nos couches et dont le bois léger était utilisé pour confectionner de petits meubles. On en cuisait les feuilles pour les manger et leurs fleurs attiraient les abeilles qui nous donnaient un délicieux miel blond. J'avais également appris avec les Mères savantes comment en utiliser l'écorce, les racines et les feuilles comme fortifiant, pour réduire la fièvre, les maux de tête ou encore traiter les problèmes de peau. Violette avait l'air subjuguée par la luxuriance de la forêt et l'abondance d'informations, elle m'écoutait avec beaucoup d'attention et je la voyais à la dérobée remuer parfois des lèvres silencieusement comme si elle essayait de mémoriser ce que je lui disais. Je me sentais honorée de son intérêt et soudain très fière de notre Oasis. C'est toujours curieux comme la présence d'un tiers permet de réaliser à quel point le quotidien, d'évident, devient précieux et extraordinaire.

Mon ardeur, ainsi aiguillonnée, redoubla encore et je devins intarissable, expliquant les toucans et les margays, les dik-diks craintifs et les singes chapardeurs. Je sautillais d'arbre en arbre, montrant les pommes-noix du cajou, racontant que le paulownia avait été nommé ainsi en hommage à une princesse, en somme babillant des bêtises sans répit. Je prétendis même, dans mon élan, qu'avec sa fleur violette et cette histoire de princesse, le paulownia était à la fois mon arbre totem et celui de Violette. Je saisissais toutes les occasions de tirer des complicités entre nous et elle souriait, comme charmée, à mes gazouillis d'enfant. J'étais aux anges.

Nous arrivâmes enfin au lac, vaste contre-courant de la rivière qui servait d'espace de bains et de jeux à tout le village, mais aussi de réserve de bambous et d'argile que nous utilisions pour filtrer l'eau, soigner certaines infections et pour la construction. C'est du nord-est de cet étang que coulait le ruisseau où j'avais trouvé Têtard et Violette. Je choisis de ne pas y repasser si tôt, craignant que le souvenir ne soit encore trop douloureux pour eux et remontai directement vers la clairière.

Au cœur du village se dressait un vaste espace dégagé où on allumait le feu pour les veillées. Il y avait également le four, une haute cheminée de briques dans laquelle nous faisions cuire le pain et, un peu plus loin, le seul arbre haut de la clairière, un figuier immense, très vieux, qu'on taillait à la base pour pouvoir circuler. À la période des fruits, parfois, de petites poches violacées toutes molles tombaient du faîte et un de nos jeux préférés, avec Atoll et Atlas, consistait en d'immenses batailles de figues blettes. Naturellement quand on se faisait pincer on avait droit à un enseignement spécial sur le respect dû à la production nourricière du figuier centenaire mais ça valait la peine, c'étaient de sacrées parties de rire. Atlas et Atoll était mes meilleurs amis à l'époque et, à l'exception de mes visites secrètes à Miyou, nous faisions tout ensemble.

Quand nous fûmes de retour dans le jardin de bananiers de la cabane des absents, une nouvelle corbeille avait été déposée sur le seuil, qui nous fournit une collation bien agréable après ce parcours. Il commençait à faire chaud et il était doux d'être dans l'herbe, à l'ombre, à boire du jus de mangue. Mon père, Apache, nous rejoignit après ses tâches de menuiserie et, alors seulement, Violette commença à nous poser des questions.

Apache répondit patiemment, expliquant le troupeau d'alpagas sauvages situé en dehors du village que nous attrapions et tondions pour avoir de la laine une fois par an. Il raconta les mûriers et les vers à soie qui avaient existé autrefois, la caravane de fer qui passait tous les deux ou trois ans : un couple venu du désert qui séjournait ici quelques jours, échangeant des couteaux et des ciseaux à laine contre du bois d'amarante, des figues séchées et des sacs de kapok. J'écoutais sagement, essayant de me tenir tranquille et de réfréner mon envie de réagir à tout, d'apporter des compléments, de commenter chacune des explications de mon père qui n'allait pas assez vite à mon goût. Il y avait tant de choses à dire !

Au bout d'un moment, comme Violette s'étonnait de nos noms, Apache, Princesse Cheyenne, Atoll, Atlas, je ne pus me retenir et m'exclamai «Totémisation ! » en tapant dans mes mains avec un immense éclat de rire ravi. Violette et Têtard avait déjà des noms du vivant et c'était sacrément pratique, mais il fallait encore leur attribuer deux qualificatifs et je n'avais pas encore pensé à ça. Cette idée était totalement exaltante, mon cerveau avait démarré la litanie de tous les adjectifs que je connaissais, je tenais à peine en place.

Dans l'Oasis, tout le monde était ainsi nommé vers l'âge de dix ans, ou dans les six mois après l'arrivée au village pour les nouveaux habitants. Pendant la cérémonie rituelle, la Nuit de la totémisation, tous les habitants qui le souhaitaient se rassemblaient dans la clairière et faisaient part de leurs suggestions, en fonction du caractère de la personne, de ses attraits et de ce qu'on savait de ses désirs et projets. Une fois que tout le monde s'était exprimé, c'était le temps des Mères savantes : elles seules avaient le droit de parler et elles délibéraient alors publiquement, parfois plusieurs heures durant. Puis elles proposaient trois noms à la personne totémisée : un nom de légende, un d'être vivant et un de paysage, terrestre ou céleste. Il fallait choisir parmi ces trois-là. Les Mères savantes murmuraient enfin à l'oreille de la personne totémisée deux attributs. Ceux-ci faisaient référence à des qualités ou manières d'être, ils étaient imposés et secrets – on pouvait choisir de les révéler ou non.

Il y avait parfois de longues discussions sur les catégories et ce qui entrait ou non dans chacune d'elles. On ne m'avait accordé mon totem qu'au bénéfice de ma filiation avec Apache, faisant entrer nos noms de tribus dans le domaine du vivant. Un de mes deux attributs était Princesse et tout le monde l'avait naturellement adopté et préfixé à mon nom. L'autre je ne l'avais dit à personne, seules les Mères savantes le connaissaient.

Je dois préciser que les Mères savantes n'étaient pas toutes *mères* au sens d'avoir des enfants : certaines n'en avaient jamais eu, mais toutes étaient considérées comme les mères communes des habitants. Il s'agissait, à quelques exceptions près, de femmes âgées, porteuses de nombreuses connaissances dans des disciplines variées, techniques, botaniques, médicales ou rituelles, dont la fonction principale était de conserver la mémoire et de transmettre les savoirs. Elles étaient choisies pour leur sagacité, leur bienveillance et leur fermeté.

Les enseignements qu'elles nous prodiguaient se passaient directement sur les lieux de pratique, il n'existait pas de lieu dédié. Quand il y avait besoin de refaire le sol d'une hutte, une troupe d'enfants débarquait et se mettait à l'ouvrage. Nous apprenions en faisant. Les enseignements de botanique, pour apprendre à reconnaître les plantes qui soignent, les herbes qui tuent et les feuilles qui se mangent, se déroulaient en forêt. C'était généralement l'occasion de s'entraîner également à reconnaître et imiter les cris d'alerte ou le chant de reproduction des oiseaux, d'apprendre à grimper aux arbres, en enlaçant le tronc ou en escaladant les branches.

Un anacardier très haut nous servait de plateforme : une fois en haut, par petits groupes, nous révisions notre vocabulaire des paysages. De là, nous devions nommer les différentes teintes du ciel, les variations de relief dans la steppe, la couleur et l'aspect des collines et de la plaine, caractériser les déplacements furtifs d'habitants du désert que nous distinguions à peine, qualifier les sons qui se répercutaient dans l'Oasis, distinguer par le verbe les différents arbres, la forme et les nuances de leurs feuillages, le parfum de leurs fleurs et le goût des fruits, l'intensité des ombres ou les reflets changeants sur la surface du lac. À l'horizon, nous apercevions parfois des tumulus de pluie ou des tourbillons de cendre, la lueur orange de l'incendie ou les éclairs aveuglants des orages de foudre. Et nous passions ainsi des heures à reconnaître et nommer le monde autour de nous.

Nous fabriquions aussi des nattes en bambou, des briques et des poteries d'argile directement sur place, au bord du lac ou de la rivière. Nous apprenions, au jardin, à ouvrir les tomates vertes pour en retirer les petites graines noires, toxiques, et à les remettre en terre. Nous cuisinions chez les habitants selon un système tournant. Nous apprenions à utiliser les fleurs d'hibiscus pour soigner toux et angines au chevet des patients. Chaque enseignement était directement mis en pratique, sous le regard avisé des Mères savantes.

VEILLÉE

Cet après-midi-là, le lendemain de leur arrivée, un grand feu fut allumé au centre du village en prévision de la veillée organisée pour Violette et Têtard. Les habitants étaient tous affairés et entièrement happés par les préparatifs, le village bruissait de rires et d'éclats de voix. Le jardin, la clairière, les huttes, toute l'Oasis fourmillait des va-et-vient d'habitants chargés de plats et de paniers tressés remplis de fleurs. Des petits singes-écureuils surexcités piaillaient en traversant le village et maraudaient des fruits posés là en prévision de la soirée. On sentait un air chargé d'excitation et d'impatience joyeuse crépiter dans tout le village.

Un homme et une femme furent chargés d'aller à la cabane aider Têtard et Violette à se préparer puis de les conduire au foyer. J'étais quant à moi affectée à la confection de bouchées sucrées : nous choisissions les mangues et les bananes les plus mûres et en écrasions la pulpe, qu'on mélangeait ensuite avec des épices et du miel avant d'en enrouler de petites portions dans de grands pétales d'hibiscus. J'aimais bien cette tâche, la régularité des gestes méthodiques et précis, le parfum qui se dégageait des fleurs d'hibiscus, la compagnie de Mars et Ondine, deux autres jeunes du village qui étaient dans mon groupe d'enseignements, et celle, plus improbable et qui nous amusa beaucoup, d'un couple de dik-diks intrigués, dont la curiosité avait été plus forte que leur crainte légendaire et qui avaient osé s'aventurer jusqu'au seuil du cabanon : on voyait juste leurs deux petits museaux froncés dépasser de l'entrée. Mais je piaffais de ne pouvoir être de l'équipe qui accompagnait la préparation de Violette et Têtard. Cette mission protectrice d'ange gardien, être celle qui guide et tient la main, ne m'avait été accordée que le premier jour eu égard au fait que je les avais trouvés et guidés jusqu'au village, mais désormais elle revenait à des habitants plus anciens et expérimentés, en marque de respect. N'empêche, je piaffais.

Quand le soleil passa derrière le grand figuier, tous les oasiens, au fur et à mesure de la fin des préparatifs, s'étaient rassemblés autour du foyer. Il y avait foule. Les plus jeunes, turbulents et surexcités, se faisaient tancer par les adultes. La clairière était couverte d'un véritable tapis humain. Une dizaine de dik-diks curieux s'étaient amassés en lisière de la forêt et quelques habitants s'étaient même hissés dans les branches du figuier. Des toucans attirés par l'odeur des fruits mous et juteux cherchaient à chiper nos bouchées sucrées de leurs grands becs osseux.

Exultant de fleurs éclatantes et colorées, de paniers remplis de victuailles, éclairée par un feu s'élevant de plus en plus haut comme pour pallier le soleil couchant, la veillée avait fière allure. Tout le monde avait revêtu sa robe de cérémonie, celle qu'on gardait pour les Nuits de la totémisation et les événements exceptionnels, soigneusement préservée des travaux sylvestres ou maraîchers.

Quand Violette et Têtard parurent, le silence se propagea par ondes au fur et à mesure de leur progression vers le cœur de l'assemblée. Même les singes se turent, impressionnés. Installée au plus près du foyer, je sentis l'arrivée de Violette et Têtard plus que je ne les entendis approcher, par le calme naissant et l'attention palpable qui se dégageaient à l'arrière des rangs.

Quand ils furent enfin à portée de vue, je découvris avec plaisir que Violette portait la robe que je lui avais offerte le lendemain de son arrivée. Saphir, notre experte en multisensorialité, la guidait gracieusement en lui tenant la main. Elle avait réussi à fixer dans les cheveux de Violette une couronne de fleurs mauves de paulownia qui encadrait le visage de la jeune femme et en renforçait encore la délicate pâleur. Derrière elle, Chimère, un de nos meilleurs travailleurs du bois, à la silhouette massive et costaude, formait un duo détonant et curieusement harmonieux avec l'ours. En les regardant, je réalisai à quel point Têtard était un nom incongru pour le grizzly qu'il était devenu. Il devait alors approcher des deux ans, soit le début de l'âge de l'émancipation pour les ours, et n'avait plus grand-chose d'un enfant.

Toute la soirée et une grande partie de la nuit, Violette nous parla. D'abord intimidée, elle nous expliqua en préambule, s'excusant par avance des défaillances de sa mémoire, la manière dont les souvenirs fuyaient dans le désert et s'éparpillaient comme des grains de sable dans la poussière. Son récit démarrait un soir indéfini sur une plaine infertile de la steppe, à la recherche d'un abri. C'était son souvenir le plus ancien jusqu'à ce que celui de son enfant perdu revienne auprès d'un vieil homme, qu'elle appelait Atticus. Elle nous raconta leur première rencontre au bord du ruisseau d'un jardin éphémère, après avoir dû quitter la tanière avec Têtard, alors tout jeune ourson. Ses yeux se mouillèrent de tendresse et d'émotion. Je jetai alors un coup d'œil à Têtard qui, allongé, dissimulait son museau sous ses pattes.

Parfois le récit se faisait dur, alors son visage se fermait et Violette restait évasive : ils avaient croisé des gens, des compagnons de route avec lesquels ils avaient cru former un clan. Elle nous expliqua encore les nuits glacées, l'effort de la marche et la chaleur qui dessèche les corps, les filets de rosée pour récupérer un peu d'humidité. Ses mains s'agitaient pour décrire les vents de feu, les orages de foudre et les colonnes de fumée. Et puis elle nous parla des moments de bonheur aussi, de son ami Robinson, l'homme au hibou, qui les avait recueillis dans son îlot et par qui l'Oasis était venue. Elle s'interrompait fréquemment, le regard dans le vague, empreint de nostalgie.

Nous n'avions pas le droit de l'interrompre ni de poser de questions. C'était la coutume : cette nuit-là, Violette, et elle seule, choisissait ce qu'elle souhaitait partager avec nous. Le silence autour du feu était resté intact tout au long de son récit, hormis quelques rares exclamations étouffées. Je surpris à la dérobée des Mères savantes s'essuyant discrètement l'œil aux passages les plus éprouvants. Les gamins, tous nés ici, étaient littéralement captivés par les descriptions de Violette et ses révélations sur cette steppe mystérieuse, attirante et inquiétante, qu'ils ne faisaient qu'apercevoir depuis l'Oasis.

Nous crûmes à un moment que Violette avait achevé son histoire. Elle s'était arrêtée de parler et avait fermé les yeux. Nous attendions un signe, suspendus à ses lèvres. Il faisait nuit noire, le feu crépitait et projetait sur la clairière une lueur orangée. Certains enfants avaient fini par s'endormir sur les nattes posées au sol à cet effet. Un vent léger agitait parfois les feuilles des bananiers et Apache avait jeté un châle sur mes épaules. Mes joues étaient trempées de larmes. Je me sentais rincée. J'avais vécu chacun des mots de Violette si intensément qu'il me semblait avoir été roulée, chahutée et polie comme un petit caillou dans la rivière. Je me sentais en communion totale avec la femme qui se tenait devant nous, humble et lumineuse, après avoir traversé tant de drames et connu tant de paysages. Mon admiration s'élevait au-delà du raisonnable. Grisée d'émotions, en cette nuit hors du commun, je lui vouai une dévotion inconditionnelle et me jurai de la protéger et de la chérir afin qu'elle n'ait plus jamais mal.

Violette, finalement, rouvrit les yeux.

« Je vous ai parlé d'amis chers qui ne sont pas là, avec moi, pour compléter et parfaire mon récit, pour vous remercier de nous avoir accueillis. Robinson, Atticus… Ils me manquent beaucoup.

» Robinson a choisi de rester auprès de son arbre, dans son îlot devenu paradis. Je forme chaque jour le vœu que la foudre l'épargne. C'est un homme doux, qui sait la valeur du soin et le parfum de l'harmonie. Sans lui et ses fulgurances poétiques composées de Fruits vernis, de Boules-Douces-Venues-Des-Arbres et de Grands-Chats-Qui-Volent, Têtard et moi n'aurions jamais découvert les pommes de cajou écarlates, le doux kapok de vos lits ni les margays furtifs de l'Oasis. »

Violette s'arrêta un instant et je sus, je sentis, à la qualité du silence dans la clairière, que nous étions tous en train de formuler un remerciement silencieux à Robinson.

« Atticus est mort de tristesse. C'était un homme bon, honnête et pacifiste. Il a été trahi par son fils, ensorcelé par une diablesse... Atticus ne mentait pas, ni ne pouvait souffrir qu'on mentît. Ces deux-là l'ont trompé avec une cruauté inouïe et ont commis le pire crime qui soit : voler à Atticus jusqu'à la mémoire de son premier fils, Anthony, tué par jalousie... Dans cette terrible histoire nous avons aussi perdu Balafre le grizzly, un compagnon de route qui les a suivis. Nous n'étions plus que trois, Atticus, Têtard et moi. Têtard était encore un ourson, il dépendait de nous, et les jours qui suivirent furent très durs.

» Après leur départ, Atticus, terriblement affaibli, n'avait plus assez de courage en lui pour vivre. Il n'en avait plus envie. Atticus savait qu'il n'arriverait pas jusqu'à l'Oasis, alors il nous a fait nous arrêter dans un îlot bercé par un filet d'eau. Nous y sommes restés plusieurs semaines, ce fut un temps de repos doux et beau. Atticus y a consacré ses dernières forces à me transmettre tout ce qu'il savait. C'était un botaniste hors pair, passionné par le monde végétal, de l'espace de courtoisie des grands arbres aux herbes qui cicatrisent. Surtout, il m'a appris à lire. Nous avons pris l'habitude, chaque jour, de déchiffrer ensemble les caractères et de discuter pendant des heures des significations multiples que prennent les mots ainsi agencés. Atticus y a mis tout ce qu'il lui restait d'amour.

» Puis il a cessé de lutter. Nous venions d'achever la lecture du dernier des trois livres que nous possédions. Atticus me dit alors qu'il m'avait légué tout ce qu'il savait de plus précieux. Il me révéla qu'il avait patiemment récolté depuis des jours le jus d'un cactus, une euphorbe, qui poussait près de notre îlot. Il gardait dans un petit étui autour de son cou cette sève laiteuse très toxique, en dose suffisante pour empoisonner son sang rapidement. Nous passâmes la nuit à échanger à voix basse. Il semblait heureux, apaisé. C'est lui qui m'a consolée. Au petit matin, il me fit promettre de ne pas le suivre, me serra dans ses bras et s'éloigna en souriant dans la steppe. Je ne l'ai jamais revu. »

Une larme coula sur la joue de Violette.

« Oh c'est un regret incommensurable… J'aurais tellement, tellement voulu qu'il voit ça, qu'il sache qu'il avait raison. Que l'Oasis existe. »

Le lendemain, les Mères savantes prièrent Violette de participer aux enseignements de botanique et de soins avec nous. Têtard, lui, fut réquisitionné au jardin pour labourer, tracer les sillons et déterrer : avec ses griffes il abattait le travail de trois oasiens. Il fut en revanche recalé de la récolte de miel sauvage, après une tentative un peu trop empressée qui se conclut par une sérieuse batterie de piqûres.

Jour après jour, Violette reprenait du poids et de la joie de vivre. Ses courbes se remplumaient, elle était splendide. Elle s'investissait avec jubilation dans les enseignements et devint très rapidement une as de la forêt. Elle avait déjà beaucoup appris aux côtés d'Atticus et passer aux travaux pratiques la ravissait. Après quelques semaines, elle nous battait tous à plate couture quand il s'agissait de grimper aux arbres. Son corps, rompu aux longues marches désespérément horizontales de la steppe, se déliait désormais et courait comme une liane à l'assaut du ciel, se déployant à la verticale des immenses troncs. Se lovant entre les branches, souple et agile, elle donnait parfois l'impression de devenir elle-même végétale. La métamorphose était stupéfiante. Violette avait manifestement trouvé son élément. Elle glissait, bondissait, sautait et rayonnait de joie pure quand elle s'amusait à courser les margays et les toucans. Nous la regardions bouche bée, admiratifs. Nous n'étions pas les seuls : je surpris plus d'une fois Chimère, le geste interrompu dans ses activités de bûcheronnage, contemplant ses acrobaties avec un respect tout ému. Atlas et Atoll l'avaient noté aussi, ça crevait les yeux de tout le monde et nous nous moquions gentiment entre nous de ce taiseux terrien conquis par le charme d'une dryade aérienne.

Nous nous retrouvions fréquemment, dès que nous avions du temps libre, avec Atoll, Atlas, Mars et Ondine. Nous formions une joyeuse petite bande dans l'Oasis, chipant des fruits de-ci de-là, nous éclaboussant à grand renfort de cris dans l'étang, initiant des batailles de figues et mille autres bêtises défendues. Un mois après l'arrivée de Violette et Têtard, alors qu'ils avaient tous les deux trouvé leurs marques et pris un rythme régulier dans la vie de l'Oasis, je décidai d'inclure davantage Têtard dans nos jeux. Il était temps que le jeune ours se fasse des amis et cesse de rentrer sitôt son travail de jardinier fini.

Il se comportait de manière solitaire, toujours un peu à l'écart et je voyais bien qu'il ne trouvait pas sa place parmi les villageois. Il répugnait par ailleurs, ce que je comprenais bien, à établir des liens avec les singes, trop bruyants et pas très malins. Les margays quant à eux étaient trop indépendants et les dik-diks trop peureux. Têtard se sentait seul. Et puis j'avais une autre raison de vouloir l'inclure dans la bande, plus personnelle : Têtard m'intriguait, il m'attirait, je brûlais de mieux le connaître et finis par me lancer le défi d'amadouer ce jeune ours ténébreux.

Alors que j'échafaudais des plans, l'occasion m'en fut fournie fortuitement. Le matin, dans le village, les oasiens avaient coutume de se retrouver par petits groupes affinitaires pour se raconter leurs rêves. Ce n'était pas systématique, mais nous nous réunissions quand l'un de nous avait reçu un message nocturne. La nuit, les esprits se détachent des corps et voyagent. Les différences corporelles, matérielles, n'ont alors plus cours et nous pouvions converser avec les animaux, les plantes, les organismes du sous-sol ou l'eau de la rivière. Nos rêves sont le compte rendu de ces explorations, que l'âme nous confie quand elle réintègre son réceptacle terrestre. Aussi pour nous les rêves et la vie n'étaient pas des espaces séparés, ils formaient un continuum et interpréter les songes était une activité à part entière, qui pouvait même parfois déterminer les activités de la journée.

Ce fut Violette qui lança l'alerte. Elle était devenue incroyablement sensible et percevait jusqu'aux frissons dans les nervures des feuilles. Un matin, elle nous appela très tôt d'un ton alarmé, Apache et moi, et nous confia qu'elle avait dialogué dans la nuit avec un des arbres à kapok, le plus grand de la forêt. Celui-ci était inquiet, un jeune margay avait présumé de ses forces en grimpant trop haut et, en tentant de redescendre, il s'était coincé la tête dans une fourche. Il était piégé, miaulait et feulait à fendre l'âme. Les autres félins ne parvenaient pas à le dégager. Ils devaient assurer leur propre équilibre et ne parvenaient pas à le libérer tout en s'agrippant aux branches.

Violette était dans tous ses états. Nous réfléchissions à toute vitesse. Le tronc du kapokier était hérissé d'épines géantes et aucun de nous ne pouvait l'escalader.

Pour récolter le kapok, nous attendions habituellement que les graines s'ouvrent et que le duvet s'envole. Nous n'avions pas de protections adaptées. Il faudrait donc en fabriquer, sans assurance que cela fonctionne, et cela prendrait du temps. Je commençai à pleurer. Imaginer un félin prisonnier, à des mètres du sol, me tourmentait le cœur et mes yeux se mouillaient d'impuissance. J'avais très peur que le jeune margay en question soit Miyou.

Alors que nous étions tous désemparés, Têtard se leva tranquillement. Il se tourna vers nous, comme pour nous inviter à le suivre et se dirigea vers la forêt. Arrivés au pied de l'immense kapokier, nous le vîmes grimper au tronc sans se soucier des épines. Ses longues griffes lui assuraient une prise suffisante pour éviter que les parties charnues de son corps ne touchent les redoutables pics. Il se mouvait de manière étonnamment leste et fut rapidement hors de vue.

Au bout de plusieurs minutes d'attente, à nous user les yeux à tenter de percevoir quelque chose à travers la frondaison, nous le vîmes enfin redescendre. Quand il rejoignit le sol, nous vîmes que son museau avait été salement griffé et de petites touffes de poil arrachées sur ses pattes avant. Je me jetai sur lui et l'entourai de mes bras. Je ne pensais plus au petit margay, juste à mon Têtard bien mal récompensé d'avoir voulu aider.

Alors que tout le monde nous entourait, commentant et s'interrogeant sur l'issue de l'opération, nous entendîmes un miaulement dans l'arbre. C'était une femelle, perchée sur la branche la plus basse, qui nous regardait avec son petit à ses côtés. Ce n'était pas Miyou. Elle miaula encore une fois vers nous, attrapa le petit par la peau du cou et s'en alla lestement. Têtard avait réussi.

À partir de ce moment, l'attitude des habitants se modifia sensiblement et Têtard acquit un vrai statut dans l'Oasis. Il n'était plus l'ours naufragé de la steppe, on le saluait comme un habitant. La bande de gamins turbulents que nous étions raffolait des héros en tout genre et Atlas fut dépêché par les autres pour me demander, au vu des relations privilégiées que j'avais nouées avec Têtard, de l'inviter à venir au lac avec nous.

Ce fut une merveilleuse partie de baignade. Têtard, quand il sautait du ponton, avec son poids et la texture impénétrable de ses poils, explosait tous nos records d'éclaboussements et ne se faisait pas prier pour recommencer. Je riais aux éclats, enivrée d'insouciance et de joie. Ondine faisait des galipettes dans l'eau pour saluer chacun de ses sauts et tournoyait autour de Têtard en l'acclamant. Les trois garçons encourageaient Têtard en applaudissant et redoublaient de pirouettes en plongeant. Ils rivalisaient de figures acrobatiques pour compenser leur manque de pesant. Tant et si bien – nous fîmes un tel barouf – que tous les singes se mirent à hurler et que des adultes excédés vinrent nous inviter à nous calmer.

Encore secoués de rires et excités comme des puces, nous sortîmes alors de l'étang et courûmes jusqu'à la cabane des absents où Violette nous avait préparé un goûter colossal. Atoll, Atlas, Mars et Ondine commentaient, la bouche pleine, les exploits de Têtard qui, la mine réjouie, engloutissait des montagnes de miel. Comblée de le voir tout fier et si gai, je me gavais de beignets de fleur d'hibiscus.

Quand nos regards se croisèrent, ils pétillaient de bonheur. Je crois que c'est ce jour que tout a réellement commencé. Je ne m'étais jamais sentie aussi pleinement heureuse de mon existence.

LA CAVERNE DE L'OUBLI

Je m'attachais de plus en plus à Violette et passais de longues heures avec elle, en forêt ou dans le petit jardin d'herbes médicinales qu'elle avait aménagé devant la hutte. Un jour que nous discutions toutes les deux à bâtons rompus, la discussion prit un tour inattendu et nous en vînmes à parler de ma mère.

Violette, très doucement, me demanda ce qu'il lui était arrivé, si je souhaitais en parler. Je n'y voyais pas d'inconvénient, mais je n'avais pas grand-chose à en dire, réellement. Je ne savais pas ce qu'il s'était passé. J'avais deux ans quand elle avait disparu et n'en avais conservé aucun souvenir. J'avais été élevée par Apache, l'ensemble de la communauté m'avait adoptée. Cela ne m'avait jamais posé de problème. Dans l'Oasis, la notion de parent était toute relative et j'avais appris à cultiver mes attachements en dehors des liens du sang. Violette semblait décontenancée et beaucoup plus mal à l'aise que moi.

« Mais tout de même, tu n'as jamais eu envie de savoir où elle était, si elle est encore en vie, ce qu'il lui est arrivé ? Tu n'as jamais posé de questions à Apache ?

— Oh non, répondis-je amusée, Apache est allé dans la caverne de l'oubli après sa disparition.

— La caverne de l'oubli ?, interrogea Violette, intriguée. Je n'en ai jamais entendu parler… Qu'est-ce que c'est ? »

Je me mordis les lèvres et rougis. Seuls les habitants totémisés en connaissaient l'existence.

« Promets-moi de ne rien dire, la suppliai-je, c'est un secret. Il n'y a que les totémisés qui savent. »

Violette promit et je lui racontai.

« C'est une grotte, plus haut dans la steppe, il faut passer la rivière et continuer vers une colline rocailleuse. On n'a pas le droit d'y aller, c'est formellement interdit. Enfin on peut y aller, mais c'est réservé à des cas très précis : dans cette caverne, il y a un gaz qui s'échappe, une sorte de source je crois, et quand on y passe la nuit, le lendemain on a oublié tous ses soucis. Quand ma mère a disparu, les Mères savantes y ont emmené Apache pour qu'il oublie. »

Violette sursauta quand je mentionnai le gaz de l'oubli. Elle murmura : « C'était donc ça… ». Puis, secouant la tête comme pour chasser une pensée de son esprit, elle reprit d'un ton perplexe.

« Mais dis-moi, Apache, il était d'accord ?

— Oh, il n'a pas vraiment choisi : il était en train de mourir.

— De mourir ?, s'exclama Violette.

— Oui, ses souvenirs, tu vois… Ils l'empoisonnaient, littéralement. Ça s'insinuait dans son sang et le tourmentait si fort qu'il dépérissait. Il ne s'alimentait plus et avait perdu beaucoup de poids. Il paraît qu'on ne le reconnaissait plus. Pour lui, tu sais, la caverne a été un bienfait, c'est à l'oubli qu'il doit sa survie. »

Violette resta songeuse un long moment.

« Tu sais Princesse, quand nous étions dans la steppe, aucun d'entre nous n'arrivait à se souvenir. C'était vraiment curieux, comme si nos mémoires se dissolvaient dans le désert. Nous avions tant de choses à faire, tant d'obstacles à surmonter, que nous n'y pensions guère, mais maintenant, je repense aux mots de cette diablesse, aux fumerolles que nous longions parfois… Sans doute étions-nous victimes de ce gaz de l'oubli. S'il sort de cette caverne, il doit y en avoir d'autres sources sur la plaine. »

Elle frissonna, le regard perdu dans le vague, puis se reprit, sourit et se leva en tendant la main vers moi.

« Allez viens, petit albedo, rentrons. Le soleil se couche et j'ai là un délicieux pain de banane à te faire goûter. »

Le lendemain était jour de travaux communs dans l'Oasis. L'étang s'était transformé en une véritable ruche bourdonnante d'activités. Là, un groupe chargé de la lessive, installé sur la rive, frottait le linge sur des planches de bois avec un mélange de cendres de peaux de bananes, riches en potasse. Plus loin, un autre groupe récoltait de l'argile pour confectionner des briques et des poteries poreuses qui nous servaient à filtrer l'eau. D'autres encore coupaient et taillaient des bambous.

J'étais dans l'équipe chargée de récurer les pots et autres ustensiles de cuisine. Les bras nus plongés dans l'eau, j'observais les villageois tout en frottant. De l'autre côté de l'étang, Apache et Saphir se tenaient l'un contre l'autre et riaient en s'aspergeant. Violette les regardait avec tendresse. Chimère, affecté à la coupe des bambous, regardait Violette pensivement. Cette série de ricochets de regards formait comme une chaîne. Je cherchai Têtard des yeux et fus un peu déçue de ne pas le trouver.

Quand tout fut rentré, linge et vaisselle rincés, tiges de bambou taillées et stockées près du figuier, tas d'argile recouvert d'un linge humide, il nous restait encore un peu de temps avant la nuit et je décidai de rester dehors. Nous avions un atelier d'imagination le lendemain et voulions, avec Ondine et Atoll, fabriquer un kaléidoscope. Saphir, qui en utilisait un pour ses exercices de stimulation, nous en avait expliqué le pouvoir évocateur et nous rêvions d'en posséder un. J'avais repéré sur la berge nord de la rivière, près du ponton en bois, un endroit sablonneux où scintillaient de minuscules paillettes colorées. Nous décidâmes d'y aller.

À travers l'eau limpide, on voyait comme je l'espérais de tout petits débris, comme faits d'éclats de pierres précieuses, briller sur le fond de la rivière. Nous nous avançâmes pour les attraper et c'est alors que je vis plus loin un gros caillou vert émeraude étinceler sous l'eau. Je progressais prudemment un pied après l'autre sur des rochers glissants d'algues, jusqu'à avoir de l'eau à la taille. Le trésor était là, à portée de doigts. Mais alors que je me penchais dans l'eau pour m'en saisir, je perdis l'équilibre et glissai soudainement.

Quand je refis surface en hoquetant, étourdie par ma chute et les cheveux ruisselants, Têtard avait plongé dans ma direction et était en train de nager contre le courant. Je vacillai de nouveau en le rejoignant et nous nous retrouvâmes agrippés l'un à l'autre, ballottés par le flot qui nous entraînait vers la forêt.

La première frayeur passée, nous cessâmes de nous débattre et nous laissâmes porter par la rivière. Je mis mes bras autour du cou de Têtard, qui pédalait sans effort pour nous maintenir à la surface. L'eau était douce et délassante après cette journée de travail, je sentais les poils drus de Têtard me chatouiller les bras et au-dessus de nos têtes défilaient les toupets feuillus des paulownias et des frangipaniers. Je me laissais dériver, heureuse de me sentir en sécurité entre les pattes solides de Têtard, enchantée de cette promenade aquatique à laquelle personne n'avait jamais pensé.

De ce jour, elle devint une activité prisée des villageois et l'on voyait souvent des couples d'amoureux se laisser ainsi flotter jusqu'au lac où ils accostaient, l'air heureux et lessivés.

LECTURES

Des mois s'écoulèrent ainsi, sans événement notable : la vie suivait son cours paisiblement dans l'Oasis. Nous poursuivions nos enseignements, nous grandissions. Têtard et moi étions devenus inséparables. Nous partagions chaque moment, chaque pas, chaque peine et chaque joie. Nous parcourions la forêt ensemble, nagions dans l'étang et faisions la sieste au pied des paulownias dont nous revenions tout parfumés.

Et puis un jour l'idée émergea que Violette nous apprenne à lire. Nous commençâmes à nous réunir pour des leçons régulières. Mars et Atlas se découragèrent rapidement mais Atoll, Ondine et moi étions fascinés et persévérâmes. Que des signes sur le papier puissent créer des histoires aussi denses et variées nous semblait tout bonnement miraculeux.

De la steppe, Violette avait apporté trois livres, le legs d'Atticus. Les Mères savantes nous en avaient déjà parlé, mais nous n'avions pas d'ouvrages imprimés dans l'Oasis. La découverte était donc immense et nous ouvrait les portes d'un univers imaginaire dont nos jeunes esprits étaient avides. Tout ce qui nous était étranger dans ces récits nous ravissait par sa nouveauté. Et quand nous tombions sur des descriptions familières, que nous assimilions à l'Oasis, cela nous tirait des cris de joie triomphale tant il est jubilatoire de voir posés les mots justes sur ce qu'on vit avec une telle évidence qu'on n'a jamais pris la peine de les formuler.

Au bout d'un moment, curieux de nous voir passer tant de temps penchés sur ces pages, d'autres villageois voulurent à leur tour apprendre à les déchiffrer. Violette se retrouva rapidement à la tête d'une petite armada d'apprentis lecteurs passionnés. Pour les autres, trop occupés ou impatients, nous assurions à tour de rôle des lectures à haute voix. Petit à petit s'instaura un nouveau rituel autour du figuier qui faisait résonner la clairière des échos de cavaliers, du vol multicolore d'oiseaux de paradis et des frasques de Vendredi.

Et puis un jour, rassasiée de lire et relire les trois volumes et emportée par le désir de créer à mon tour, je demandai à Violette de m'apprendre à écrire. Sa mine s'assombrit et, le ton noyé de regrets, elle me confia qu'elle n'avait jamais appris. Pendant des mois je m'entraînai alors à reproduire les signes à l'aide d'un bâton sur les berges sableuses de l'étang, puis dans l'argile dont j'avais remarqué qu'elle conservait les traces plus longtemps. Des années plus tard, je perfectionnerais encore ma technique en utilisant le tanin jaune des cajous, la fibre des bambous ou celle des bananiers. Je n'ai jamais cessé d'écrire depuis.

Nos nouvelles activités nous accaparaient et Têtard, peu à peu, s'en trouva délaissé. Lire ou écrire lui était indifférent, il ne comprenait pas que je passe tant de temps courbée sur ces grigris au lieu de venir jouer ou de me promener avec lui. Un jour qu'il venait me chercher pour aller à la rivière, insistant en me poussant tendrement de son museau, j'eus un grognement agacé. Les joues me brûlent d'y repenser aujourd'hui. Les sourcils froncés de concentration, absorbée par ma lecture, j'étais à des années-lumière de lui. Il retenta sa chance timidement le lendemain, puis à nouveau le surlendemain, mais au bout d'un temps n'essaya plus. Amer et découragé, quand il me voyait ainsi occupée il se détournait désormais et faisait demi-tour.

Toute à ma nouvelle passion, je n'y prêtais pas attention et ne voyais pas son air vexé se fermer davantage chaque jour. Têtard effectuait des escapades solitaires en forêt de plus en plus fréquentes. Parfois il disparaissait avec Mars et Atlas pendant des heures. Je ne voyais rien.

Violette, elle, s'en inquiétait. Elle essaya de se rapprocher de Têtard, prépara ses mets préférés, essaya de lui gratouiller le ventre comme quand il était bébé, lui proposa d'escalader les arbres ensemble ou de partir à la recherche d'abeilles sauvages. Chaque fois, elle se fit rabrouer.

Elle s'en ouvrit à moi. Je dois avouer à ma grande honte que j'étais alors toute à mon plaisir égoïste. À cette époque, j'avais emménagé dans la hutte avec Violette, je m'entraînais à tracer des lignes dans le sable et dévorais pour la troisième fois l'histoire de Suzanne. Je me perdais avec elle dans l'illusion d'être la déesse de mon île, le teint poudré de vraie nacre et les lèvres de corail, créant mon propre univers et adorant des statues de papier. J'avais bien senti que Têtard tentait de capter mon attention, qu'il venait de moins en moins souvent, mais cela n'était, à ce moment-là de mon histoire, qu'une préoccupation lointaine. J'avais pour moi des milliers d'oiseaux inconnus qui voltigeaient « comme des torches échangées par des jongleurs », des « figuiers qui donnaient des cerises », des « bêtes poilues pondant des œufs » et des arbres qui « buvaient à la mer par de vraies trompes ». J'avais pour moi la compagnie orgueilleuse de Suzanne.

TOTEMS ET DISCORDE

Violette et Têtard étaient dans l'Oasis depuis six mois quand les Mères savantes vinrent trouver Violette : le moment était venu de songer à sa totémisation.

Nous privilégions les nuits de pleine lune pour ces longues veillées nocturnes et la prochaine devait avoir lieu dans quelques jours. Les émissaires réexpliquèrent à Violette le déroulement que je lui avais déjà décrit et passèrent un long temps à s'entretenir avec elle, lui posant un tas de questions sur son passé, ce qu'elle aimait faire ou manger et la nature de ses rêves, afin de compléter leurs propres observations et se montrer les plus pertinentes possible dans les totems qui lui seraient proposés.

Un débat s'installa dans l'Oasis quant à la totémisation de Têtard, qui aurait dû se dérouler en même temps. Violette plaidait pour qu'il dispose lui aussi de sa nuit consacrée. Elle craignait que l'en priver ne le coupe davantage de la vie des habitants et accentue son sentiment de rejet. Mais elle était trop partiale, trop récemment arrivée et sa voix n'avait, en la matière, que peu de poids. Apache et Saphir prirent eux aussi fait et cause pour la totémisation de Têtard, mais la majorité des villageois, tout en protestant de leur attachement sincère à l'ours, y voyaient une aberration.

« L'ours est déjà un totem en soi, plaisantaient-ils.

— On n'a jamais vu ça. Va-t-on aussi se mettre à totémiser les margays, les antilopes, et pourquoi pas les singes tant qu'on y est ? »

Têtard vécut ces réticences comme une atteinte douloureuse à son récent statut d'oasien. Il se sentit mis à l'écart. Après sa courte période de gloire, il recevait ce refus comme un cinglant désaveu, une gifle lui rappelant qu'il n'était pas comme eux. Ni tout à fait animal, ni tout à fait humain, il ne se sentait plus chez lui nulle part, ni à dormir dans la hutte avec nous, ni dans le creux d'un arbre. Et je lui avais, par ma sottise égoïste, condamné le refuge de mes bras.

Quand je trouvai enfin le courage d'aller le trouver, Têtard revenait de la forêt. Son poil était emmêlé, son museau griffé, ses yeux avaient pris un air farouche que je ne lui connaissais pas. Il me fit peur, pour la première fois. Je tendis timidement la main vers lui. Après quelques secondes d'immobilité, Têtard s'approcha de moi, me regarda droit dans les yeux, renifla et souffla avec dédain à hauteur de mon visage puis se détourna. Restée seule, je tombai à terre. Écrasée d'un sentiment de perte irrémédiable, de chagrin, d'humiliation et de remords, je restai prostrée dans l'herbe, à la lisière de la forêt et sanglotai pendant des heures, cherchant l'apaisement dans les pleurs, qui ne vint pas.

Le lendemain, Violette, Apache et moi, de plus en plus inquiets, avions invité Mars et Atlas à goûter pour leur parler de Têtard. Ils nous avouèrent alors qu'ils s'étaient entraînés pendant des semaines tous les trois au combat. Nos exercices de lecture les barbaient. Eux rêvaient de guerriers, de batailles et d'actes héroïques et non de déesses ou d'oiseaux magiques.

Au début, ç'avait été un simple jeu de bagarre. Les deux garçons s'emparaient de bouts de bois et Têtard rentrait ses griffes. Ils s'essoufflaient en riant et cela se terminait par des roulades dans l'herbe dont ils revenaient ravis, couverts de brindilles et de terre. Mais un jour Têtard, se prenant trop au jeu, avait failli défigurer Atlas. En plein assaut, ses griffes puissantes étaient passées à un cheveu de son visage. Dégrisés, ils avaient stoppé net. Atlas et Mars étaient pétrifiés. Têtard, ravagé de honte et de culpabilité, s'était enfui sur-le-champ. À la suite de cet incident, et malgré les assurances répétées et amicales de Mars et Atlas, Têtard, mortifié de ce qu'il s'était passé, n'avait plus jamais voulu jouer avec eux.

Le soir de la totémisation nous n'avions donc pas le cœur à la fête et c'est d'un pas lourd que Violette et moi, après nous être apprêtées, nous dirigeâmes vers la clairière. Mais malgré nos tracas, quand nous vîmes les flammes dansantes des torches, les visages souriants des oasiens et les monceaux de victuailles et de fleurs joliment arrangés autour du feu, nous cédâmes à l'envie de nous détendre un peu.

Les villageois se surpassèrent cette nuit-là. Il n'y avait pas eu de cérémonie depuis longtemps, aussi tout le monde était excité et très impatient de proposer des noms. Certains suggérèrent, dès l'ouverture de la cérémonie, de conserver Violette, un joli nom de vivant et la couleur des fleurs de nos paulownias — c'était mon cas. Mais d'autres n'entendaient pas renoncer si vite au plaisir de l'évocation et se mirent à égrainer des idées plus farfelues les unes que les autres.

Violette, assise en tailleur au centre, ne savait plus où donner de la tête, à la fois émue et amusée de l'enthousiasme dont elle faisait l'objet. On entendait fuser joyeusement les noms de tous les plus beaux oiseaux, plusieurs « Petaurista ! », du nom d'un écureuil volant – que pour ma part je trouvais pertinent mais pas très élégant –, des « Dandelion ! », « Sphynxette ! » et un «Vénus ! » vibrant (je soupçonnais Chimère). Chacun tentait dans un grand brouhaha d'expliquer son choix, personne ne s'écoutait et, finalement, c'était une belle pagaille, très loin de la solennité requise. Une Mère savante finit par se lever et se mit à siffler longuement pour rétablir un peu de tenue dans l'assemblée. Tout le monde se tut immédiatement.

« Oasiennes, oasiens, merci de votre bel élan. Nous allons délibérer maintenant. »

S'ensuivit une heure de discussion dont je ne réussis pas à capter grand-chose : exceptionnellement, les Mères savantes parlèrent à voix basse cette nuit-là. Je bouillonnais intérieurement, avec l'impression désagréable d'être dépouillée d'un temps qui nous était habituellement dû. Autour de moi, les villageois gigotaient, mal à l'aise et mécontents. Un murmure de protestation commençait à monter de la clairière. Nous tendions tous l'oreille, frustrés et impatients.

« Amis, un peu de calme. Nous savons votre insatisfaction, pardonnez-nous. Nous allons vous expliquer. Violette est arrivée à l'Oasis avec son fils, Têtard. Selon nos rites, tous deux auraient dû être totémisés cette nuit, six mois après leur arrivée. Un débat s'est élevé, inédit pour nous, qui demandait à être tranché. Nous avions donc ce soir deux tâches en réalité : l'une, publique, qui concernait Violette, et l'autre, privée, qui concernait Têtard. C'est de là que vient la confusion qui nous a tous embarrassés et le choix de nous consulter plus discrètement qu'à l'accoutumée.

» Nous avons délibéré. Têtard sera directement informé de ce qui le concerne.

» Quant à Violette, la Mère savante se tourna vers elle, nous allons te donner tes deux attributs et te proposer, comme le veut la cérémonie de la totémisation, trois noms. Tu auras toute la nuit pour choisir. Nous te laisserons seule pour y réfléchir. Ne choisis pas à la légère, ni sur une impulsion. Prends ton temps. Nous reviendrons aux premières lueurs du jour pour connaître ta décision. »

Sur ces mots, la Mère savante se pencha vers Violette et murmura les deux épithètes à son oreille. Le silence était total dans la foule, nous retenions tous notre respiration, gagnés par la force et la gravité du moment. Le visage de Violette était impassible, elle ne laissa rien paraître de sa réaction.

« Violette, à l'aube tu deviendras notre fille. Nous, Mères savantes, t'offrons cette nuit trois noms. Au matin un seul restera, qui sera connu de tous les villageois. Mais pour l'heure nous demandons le silence pour les annoncer, puis chacun rentrera chez soi. »

Mon cœur tambourinait à mes tempes.

« Callisto.

Liane.

Violette. »

TROISIÈME PARTIE

RUPTURES ET MÉTAMORPHOSES

« Je vous écris du futur »

★

« Dans la profondeur de la forêt résonnait un appel, et chaque fois qu'il l'entendait, mystérieusement excitant et attirant, il se sentait forcé de tourner le dos au feu et à la terre battue qui l'entourait, et de plonger au cœur de cette forêt toujours plus avant, il ne savait où ni pourquoi ; il ne se posait pas la question mais l'appel résonnait impérieusement dans la profondeur des bois. »

L'Appel de la forêt, Jack London

C'était en l'an – 10. Ciel, tant de choses se sont passées depuis… Revenir sur ces événements me procure un sentiment vertigineux. Comme lorsqu'on fixe un point trop longtemps et que tout se brouille et se met à vibrer. Alors je lève le nez de mon manuscrit de temps en temps et ma perception revient soudainement. Arrachée au récit, je réintègre mon corps. J'entends de nouveau les chants d'oiseaux et les cris des singes-écureuils, comme s'ils avaient suspendu leur vacarme pour ne pas troubler mes pensées. Mes yeux se désaxent et retrouvent leur mobilité. Tous mes sens renouent avec la douce chaleur de l'air sur ma peau, le charivari des couleurs, le bruissement des margays qui se faufilent dans les branches et le parfum enveloppant des fleurs.

En l'an – 4, la caravane de fer est revenue. Quand elle s'est approchée, nous avons vu que les deux caravaniers n'étaient pas seuls. Ils m'apportaient le reste de ma vie.

Têtard était là, éclatant de vigueur et de santé, plus grand et plus puissant encore que quand il était parti. Il s'avança vers moi et me poussa très doucement du museau vers la clairière, en direction de notre hutte. Nous ne nous sommes plus jamais quittés depuis.

J'ai vingt-deux ans aujourd'hui. Mon enfant vient de naître. Chimère et Têtard sont partis chercher du miel pour lui. J'écris installée dans le jardin devant notre hutte, le berceau de natte à côté de moi. J'entends mon petit ronronner dans son sommeil. Il a le *mana* de l'ours. Je le sens à la manière dont il tête et se débat quand j'essaye de l'emmailloter, je le vois à la façon qu'il a de humer l'air de son petit nez. C'est pour son futur que j'écris et me replonge ainsi dans notre passé, à l'ombre des frangipaniers.

La nuit commence à tomber, Apache et Saphir ne vont pas tarder à venir nous chercher. Hier, un berserk repenti est arrivé par le petit ruisseau. Ce soir, pour l'accueillir, nous organisons une veillée. J'ai toujours aimé ces moments de début de soirée où tout semble s'apaiser. J'ai pris mon bébé dans les bras, il ronronne tout bas. J'écris doucement pour ne pas le réveiller.

Le crépuscule colore le petit jardin d'une teinte orangée, l'air est doux. J'entends au loin les derniers préparatifs de la veillée et le murmure du ruisseau coulant paisiblement à l'ombre des bananiers. Deux dik-diks, à la lisière de la forêt, étirent le cou pour m'observer sans oser approcher et s'enfuient en entendant des pas. Têtard a encore du miel plein le museau. Je ne peux m'empêcher de pouffer et il me sourit en retour, l'air penaud… Oui, c'est une merveilleuse soirée.

Sur les trois totems proposés, Violette choisit finalement de garder son nom. Elle révéla un de ses deux épithètes, afin que les villageois ne soient pas trop frustrés et pour bien distinguer l'ancienne de la nouvelle Violette. Désormais villageoise à part entière, elle devint Violette Véloce.

Pourtant, elle s'élançait de moins en moins souvent vers la canopée. Sa mine était de jour en jour plus soucieuse et préoccupée. Têtard n'apparaissait presque plus au village. Il ne rentrait qu'à la nuit tombée pour manger et, la plupart du temps, repartait dormir dans un lieu secret. Il fuyait les caresses de Violette et évitait mon regard. Cela me blessait et je jouais la fière, mais en réalité je me languissais de lui.

Quand les Mères savantes vinrent le trouver, il refusa de les écouter. Elles avaient finalement décidé de le totémiser. Le projet dut être ajourné.

Un soir que j'étais sur le point de m'endormir, je captai les bribes d'une conversation animée entre Violette et Chimère. Nous avions dîné ensemble mais, fatiguée d'une longue journée de labeur, je les avais laissés à leur jus fermenté pour aller me coucher.

« Violette, je suis un ancien berserk. Crois-moi, tous les signes sont là. Le risque est trop grand, on ne peut pas l'ignorer. Je t'en supplie, écoute-moi, Violette. »

La voix de Chimère grondait d'angoisse.

« Mon doux Chimère, ne sois pas si inquiet, se moqua gentiment Violette. Je sais très bien me défendre, j'ai mon petit couteau et puis sérieusement, je vis au milieu du village, enfin, sois raisonnable. Que veux-tu qu'il m'arrive ?

— Tu ne les connais pas, ils sont sans foi ni loi. Je ne veux pas que tu restes ici seule avec la petite, viens t'installer avec elle chez moi.

— Mais… et Têtard ? Je ne peux pas l'abandonner.

— Tu ne crois pas qu'il vous a déjà abandonnées ? »

Puis d'une voix radoucie, il reprit.

« Je sais, Violette, tu espères encore qu'il reviendra habiter avec toi, mais mes portes, nos portes, lui seront toujours ouvertes. Ça ne changera rien si vous venez chez moi. Laisse-moi te protéger. »

Je n'entendis pas la suite car leurs voix baissèrent d'un ton, les sons s'étouffèrent et je sombrai dans le sommeil.

Le lendemain, je devais regarder Violette bizarrement car celle-ci sourit et me demanda ce qu'il m'arrivait. Je lui avouai ce que j'avais surpris de leur conversation. Elle sourit encore et me rassura en me caressant les cheveux.

« Ne t'inquiète pas, Princesse. Chimère a vécu trop de guerres, il s'inquiète de quelques vols d'étourneaux sur la steppe. Il s'est mis dans la tête que des hordes de guerriers, ces berserkers, étaient sur le point de nous attaquer. Mais Apache, ton père, n'est pas inquiet et les Mères savantes elles-mêmes disent que Chimère devrait s'apaiser. S'il continue à raconter ces histoires il va finir par faire peur à toute l'Oasis. Or les berserkers ne sont jamais venus par ici, ils ne savent probablement même pas qu'on existe ! Allons, ne t'en fais pas mignonne, cesse d'y penser. »

Les berserkers étaient des guerriers mythiques dont tout le monde parlait sans les avoir jamais vus. Des récits épiques circulaient à leur sujet et ils jouissaient d'une réputation ambiguë, entre crainte et dévotion, chez les enfants de l'Oasis. Des villageois prétendaient, avec une once d'admiration et de fierté dans la voix, qu'ils étaient Fils de l'ours, mi-hommes mi-animaux. D'autres pensaient que la steppe et le gaz de l'oubli les avaient rendus fous. Selon eux, les berserkers avaient oublié qu'ils étaient humains. Mais de l'avis de la plupart, ces guerriers étaient simplement sous l'influence des plantes psychotropes à la tige visqueuse et velue qu'on trouvait dans la plaine. Tous étaient néanmoins d'accord sur un point : les berserkers étaient redoutables.

Chimère avait fait partie d'un de leurs clans. Il avait été enlevé alors qu'il n'était encore qu'un enfant. Quand il était arrivé à l'Oasis, il avait raconté sa captivité puis sa conversion. Il était devenu berserk dans la plaine, au fur et à mesure que ses souvenirs s'effaçaient, peut-être aussi sous l'effet des plantes macérées qu'ils chiquaient à longueur de journée. Mais il s'était enfui quand les berserkers avaient voulu le forcer à tuer un de leurs prisonniers en signe de courage et de loyauté.

Il n'avait participé à aucun combat mais en avait suffisamment vu pour témoigner que les berserkers étaient des brutes sanguinaires, sans aucune pitié. Pour Chimère, les berserkers n'étaient pas mi-hommes mi-animaux, mais ni humains ni animaux. C'étaient des monstres.

Depuis quelques jours, nous avions, comme lui, remarqué des signes inhabituels dans le désert. Lorsque nous montions sur la plateforme de l'anacardier pour nos enseignements de paysage, des rapaces et des essaims d'étourneaux, plus nombreux que d'habitude, tournaient à l'horizon. Nous observions aussi des nuages de poussière que le vent ne suffisait pas à expliquer. Cela pouvait être l'effet de troupeaux sauvages, de hardes d'antilopes, d'un incendie poussant les animaux à la fuite ou de nouveaux phénomènes météorologiques, mais cela pouvait aussi être le signe d'un déplacement massif de berserkers avec leurs chevaux. Chimère n'était pas un homme craintif, il était d'un ordinaire taiseux et je n'arrivais pas à croire qu'il puisse nous alerter à la légère. L'insouciance de Violette ne suffisait pas à me rassurer.

Cela arriva exactement un an jour pour jour après l'arrivée de Têtard et Violette. Je m'en souviens car ce jour-là nous devions fêter leur premier anniversaire dans l'Oasis. Violette espérait encore réconcilier Têtard avec les villageois. Ce ne fut pas le cas.

Cette nuit-là je me réveillai en sursaut. Trempée de sueur, le cœur affolé. Il ne faisait pas encore jour. Je venais de rêver de Miyou. Le margay était venu m'avertir : la canopée rugissait de cris d'oiseaux affolés, les singes étaient en train de s'enfuir, les dik-diks déjà terrés. Il n'y aurait bientôt plus un seul animal dans l'Oasis. Les berserkers arrivaient.

Ils étaient des dizaines et des dizaines, accompagnés d'un imposant troupeau de chevaux sauvages capturés dans la plaine. Sur l'espace dégagé de la steppe, la caravane produisait un tourbillon épais qui nimbait la horde d'un brouillard crépusculaire et laissait une traîne poussiéreuse derrière elle. Des lames d'acier produisaient de brusques éclairs aveuglants au soleil, qui perçaient le bloc compact comme autant d'étincelles. Les pas et les sabots ébranlaient le sol d'un murmure grandissant qui résonnait encore de la fureur des combats passés.

Alors qu'ils approchaient, nous vîmes, du haut de la plateforme où nous nous étions hissés avec Atoll et Atlas, que certains allaient à pied quand d'autres chevauchaient. Les montures étaient chargées de bidons, de sacs grossièrement tressés, d'un capharnaüm qui menaçait à chaque pas de valser. De petites cages tressautaient sur les flancs de certains chevaux, on y distinguait des singes et des oiseaux. Derrière la première troupe de cavaliers, un groupe de prisonniers marchait avec peine, entravé par d'épaisses cordes qui liaient les captifs entre eux, conduits comme un troupeau.

Dans l'Oasis, les villageois oscillaient entre effroi et désolation. L'ambiance était pourtant étrangement calme. Le village était pétrifié. On n'entendait ni chants d'oiseaux ni cris d'animaux. La forêt s'était tue et même le vent était tombé.

Il n'y eut pas de mouvement de panique, ni consignes précipitées ni brouhaha intempestif : pris au dépourvu, nous n'avions pas de stratégie de défense, pas d'armes à déployer et nulle part où aller. Les alertes de Chimère avaient été négligées, nous nous étions cru à l'abri et nous nous étions trompés. Nous étions piégés.

Violette serrait pathétiquement son petit couteau d'une main et de l'autre m'entourait en me pressant fébrilement contre elle, comme si elle voulait me faire disparaître dans les plis de ses vêtements. Elle m'étouffait et me faisait mal au cou mais je n'osais bouger ni rien dire, terrifiée de voir mon rêve prendre corps dans la rumeur de la caravane qui montait jusqu'à nous. Le grondement sourd, grave et tellurique s'élevait au fur et à mesure que la caravane progressait. Le martèlement semblait faire trembler le sol de la clairière où les villageois s'étaient rassemblés.

Les berserkers suivaient le ruisseau, ils seraient là bientôt.

Toute à mon horreur, j'avais à peine remarqué que Têtard nous avait rejoints. Il se tenait juste derrière nous. Je sentais son souffle rauque et la chaleur de son corps se diffuser entre mes omoplates. Je n'aurais su dire si cela me rassurait ou si cette présence invisible, dans mon dos, aggravait le caractère irréel du moment.

Quand les premiers cavaliers berserkers pénétrèrent dans le village, je sentis mon cœur rompre. Une odeur poivrée de musc et de crasse envahit soudain la clairière. Une rangée serrée d'hommes nous faisait face, tous montés sur des chevaux courts et trapus. Ils formaient une masse hirsute et velue de cheveux, de barbes, de poils, de crinières, de sabots et de fourrures d'animaux. On peinait à distinguer encore figure humaine parmi elle. Cavaliers et montures ne faisaient qu'un. Nous étions face à une armée de centaures formant un être hybride et monstrueux.

Les villageois étaient épouvantés. Certains, figés sur place, étaient restés debout. D'autres étaient tombés à terre, vaincus par la faiblesse qui s'était emparée d'eux. Saphir, sans s'en rendre compte, gémissait doucement, le regard absent. Elle murmurait une longue plainte venue du fond des temps. Apache serrait les poings en l'enlaçant. Les visages étaient livides. Le figuier lui-même semblait terni, comme si on l'avait recouvert d'un voile gris.

Chimère fut le premier à sortir des rangs. Il s'avança bravement vers la colonne de centaures et, sans hésiter, se dirigea vers une des têtes qui mit alors pied à terre. C'était bien un homme, au poitrail démesurément large et aux jambes trapues. Il portait, à même la peau, une fourrure de fauve en cape sur le dos et un pantalon de facture grossière noué par une corde. Ses pieds étaient nus. Son torse était barré d'une ceinture de couteaux. Autour de son cou pendait un long collier de dents et de griffes.

Je sentis Violette défaillir à mes côtés. Elle émit un petit râle et s'écroula sans connaissance dans l'herbe de la clairière.

Alors que je m'occupais de Violette avec Ondine, Têtard, lui, ne perdait pas une miette de ce qu'il se passait à l'avant. Je le vis se frayer un chemin de son pas lourd parmi les villageois médusés et rejoindre Chimère qui parlementait à voix basse avec le berserk. Le guerrier ne bougeait pas un cil face à Chimère. Il l'écoutait avec dédain et pianotait ostensiblement sur les horribles trophées fixés à son cou. Mais soudain il sursauta et perdit de sa superbe en voyant l'ours arriver.

Têtard avait encore grandi depuis son arrivée, c'était désormais un grizzly imposant. Ses muscles puissants roulaient sous un poil dru et dense, son pas était à la fois souple et pesant. Il dégageait une force impressionnante. Arrivé devant la horde berserk, il se dressa sur ses pattes arrière et poussa le rugissement le plus féroce que j'ai entendu de ma vie. Notre stupéfaction était à son comble. Plus personne ne bougeait. Plus personne ne respirait. On aurait pu entendre un moustique voler dans la canopée. Si notre ahurissement avait pu encore s'accroître, nos yeux seraient tombés de leurs orbites : le berserk sanguinaire venait de mettre un genou à terre et s'inclinait devant Têtard.

Je crois que c'est seulement à ce moment-là que nous comprîmes tous vraiment qui était Têtard. Pas seulement le fils de Violette, ce jeune orphelin à la timidité bourrue que nous avions accueilli dans notre communauté. Têtard était aussi un grizzly à part entière, privé de territoire et de congénères, assoiffé de conquêtes et secoué de pulsions solitaires. Le combat que s'étaient livrés en lui le combattant et le compagnon, l'ours et le fils, le fauve et l'oasien, venait de trouver une issue fatale dans le regard admiratif et respectueux des berserkers.

Les berserkers s'installèrent autour du lac. Quelques fantassins restèrent dans la steppe avec les prisonniers, sur la berge de l'autre côté de la rivière. Le campement du lac était une véritable infection. Les guerriers avaient saccagé nos plus beaux bambous, piétiné l'argile et souillé l'eau de l'étang. Ils se jetaient à pleines mains sur la nourriture que nous devions leur apporter deux fois par jour en enjambant les corps de ceux qui n'avaient pas résisté aux pommes de cajou fermentées. Ils allaient et venaient, sales et dénudés, se maculant le corps et le visage de boue qu'ils laissaient ensuite sécher.

Je ne connaissais ces détails que par les récits qu'en faisaient les villageois chargés de les ravitailler. Les enfants étaient tenus de rester dans les habitations toute la journée, il nous avait été formellement interdit de nous approcher du lac. La nuit, nous pouvions sortir respirer un peu l'air du dehors et faire quelques pas dans la clairière. Les berserkers, à l'exception de quelques veilleurs autour du lac, dormaient à poings fermés, étourdis par la boisson et les violents entraînements qui se tenaient dans le campement.

Nous endurions la situation avec peine. Nous avions soif de l'eau de notre lac, de baignades et de travaux communs sur les rives. Nous étouffions confinés dans nos huttes et pleurions le parfum des fleurs de frangipaniers, remplacé par les effluves de sueur et de sang qui montaient désormais de l'étang.

Têtard, étrangement, n'avait pas modifié ses habitudes. Il dormait encore parfois dans la hutte avec nous, provoquant à chaque fois de fols élans d'espoir que tout redevienne comme avant. Le reste du temps il demeurait distant, allant et venant entre le village, la forêt et l'étang. Il semblait insensible aux honneurs dont l'entouraient les berserkers mais ne répugnait pas à se servir dans leurs repas et parfois se mêlait à leurs combats.

Deux villageois revinrent un jour tremblants du lac et nous racontèrent avoir vu un berserk le corps en sang, lacéré de haut en bas. Beaucoup pensèrent que c'était l'œuvre des griffes de l'ours. D'autres, rappelant que c'était sans doute l'apparition de Têtard qui nous avait valu la vie sauve, arguaient qu'une lame pouvait tout aussi bien avoir provoqué ces blessures. Je défendais moi-même Têtard bec et ongles, plaidant la chaleur de nos moments passés, évoquant le souvenir de son arrivée, ses liens avec Violette, son humanité même… mais je ne pouvais m'empêcher de sentir un soupçon trouble et désagréable s'ancrer en moi.

Au bout d'un certain temps, la peur baissa d'un cran. Nous nous habituions même à l'horreur. Les animaux sortirent de leurs abris et revinrent petit à petit. La vie se réorganisait dans le village et un autre rythme s'installa, celui de l'occupation. Les ressources de l'Oasis étaient suffisantes pour nourrir le surcroît de population, mais cela engendrait pour les villageois une surcharge de travail importante. Il n'y avait plus d'enseignements, plus de vocabulaire des paysages ni d'escalades dans les arbres, tout notre temps était consacré à alimenter les berserkers et à leur fournir ce qu'ils nous réclamaient : nattes tressées, jarres de pommes fermentées, baumes de cicatrisation, tisanes pour les maux de ventre et même, un jour, des couronnes de fleurs que nous retrouvâmes foulées et souillées le lendemain. Les berserkers réquisitionnaient toute notre énergie sous la menace de leurs armes et de leur sauvagerie.

CONCILIABULES ET VEILLÉE CLANDESTINE

Nous nous habituions, mais tout le monde ne se résignait pas. Le soir, derrière mon paravent, j'entendais parfois Violette et Chimère échanger à faible voix. Une fois la nuit tombée, notre hutte se mettait à accueillir des villageois par petits groupes de quatre ou cinq. Apache et Saphir se joignaient parfois à eux et restaient à discuter avec Violette et Chimère jusqu'à des heures avancées. Je ne comprenais pas précisément ce qu'il se tramait mais je saisissais bien que l'occupation des berserkers ne pouvait pas durer et que, d'une manière ou d'une autre, les oasiens commençaient à s'organiser.

Une nuit que je m'étais assoupie, je fus réveillée par la voix douce de Violette qui chuchotait à mon oreille.

« Princesse, réveille-toi. »

Je grommelais dans mon demi-sommeil.

« Allez ma douce, il faut te lever. Ne fais pas de bruit. Enveloppe-toi dans ta couche et suis-moi. »

Comme une automate, je me levais et m'enroulais dans ce qui me servait de drap. Apache était là, il me prit dans ses bras et nous sortîmes de la hutte.

Violette et Apache marchaient précautionneusement, en silence, vers la clairière. La lune était pleine et éclairait nos pas. Nous croisâmes deux villageois qui semblaient monter la garde au pied d'un paulownia.

Ils chuchotèrent quelque chose à Violette, qui hocha la tête et se remit en route. Alors que nous approchions de la clairière, des bruissements furtifs se faisaient entendre tout autour de nous parmi les manguiers et les bananiers. Des oasiens se faufilaient à pas de loup entre les huttes et les jardins. J'étais désormais tout à fait réveillée et fus saisie d'une excitation enfantine à me trouver au beau milieu de la nuit, dans les bras d'Apache, pour traverser le village en secret. Mais mon excitation fut de courte durée car alors que nous nous approchions du figuier, Apache me posa à terre et me confia à Violette. Celle-ci prit ma main et bifurqua pour m'emmener dans la direction opposée.

Lorsque nous arrivâmes à la grande hutte, des adultes montaient la garde et je n'en crus pas mes yeux : tous les enfants de l'Oasis étaient rassemblés là, dans un pêle-mêle de jambes nues, de cheveux en bataille et de regards ensommeillés. Les plus petits s'étaient déjà rendormis sur des nattes à même le sol. D'autres, timides et apeurés, se massaient les uns contre les autres comme une grappe de renardeaux tentant de se tenir chaud. Les plus grands enfin, parmi lesquels je reconnaissais dans la pénombre mes amis Atoll, Atlas, Mars et Ondine, n'en finissaient plus de chuchoter à voix basse sous le regard sévère de trois Mères savantes.

« Reste là petit albedo, et promets-moi d'être sage. Je reviendrai te chercher. Surtout, fais tout ce que les Mères savantes t'indiqueront. Obéis-leur sans discuter. Si vous devez quitter la hutte, suis-les. Je te retrouverai. »

Violette me regarda intensément.

« Je t'aime, Princesse... Tu es mon trésor, ma fille, ma joie. N'oublie jamais ça. »

Puis elle m'embrassa sur le front, glissa son petit couteau dans la paume de ma main et partit.

Je restai coite, plantée sur le seuil de la grande hutte. Le départ de Violette avait été si soudain... Je n'avais même pas eu le temps de lui dire à quel point moi aussi je l'aimais.

Notre promenade nocturne m'avait laissé un sentiment mitigé, entre attrait du mystère et nervosité. Je ne savais si je devais me laisser gagner par la peur ou par l'excitation, j'étais désemparée. Une des Mères savantes me sourit alors gentiment, me caressa les cheveux et m'emmena dans le coin des grands. Les yeux pétillants de mes amis m'accueillirent avec enthousiasme et notre penchant pour l'inattendu prit rapidement le dessus. Nous étions curieux comme des singes et étouffions nos murmures à grand-peine. En croisant nos informations entre deux *chut!* agacés de nos gardiennes, je reconstituai la trame de ce qu'il était en train de se passer.

Les Mères savantes avaient organisé depuis des jours la tenue d'une veillée secrète pour contrer l'occupation des berserkers. Avec la complicité de Violette et de Chimère, Apache et Saphir avaient constitué un réseau de villageois révoltés. La plupart d'entre eux servaient le campement des berserkers. Les oasiens avaient peu à peu été mis dans la confidence par petits groupes, avec des consignes très strictes.

Certains d'entre eux avaient été affectés à la surveillance et étaient postés aux différents endroits d'accès à la clairière, principalement du côté de l'étang. D'autres avaient été ce jour-là chargés d'agrémenter l'habituel jus fermenté d'extraits de racines séchées de valériane afin de s'assurer que les berserkers dormiraient profondément. Tous étaient alertés sur la nécessité de procéder très silencieusement, au cas où les berserkers auraient réussi à maintenir des gardes éveillés. Enfin, gage de sécurité ultime, si chacun avait une tâche précise, personne en revanche n'avait le plan d'ensemble ni ne savait exactement ce qu'il allait se passer.

L'assemblée de l'Oasis, cette nuit-là, prit deux décisions.

Chimère fit d'abord part de ce qui était ressorti des différentes consultations organisées par petits groupes les jours précédents dans les huttes et la forêt. De l'avis général, les berserkers finiraient probablement par quitter l'Oasis – c'étaient des guerriers nomades –, mais leur séjour pouvait se prolonger encore longtemps, tant que les villageois leur fourniraient de quoi se restaurer et paresser sur les berges boueuses de l'étang. Surtout, d'ici là, le village n'était pas à l'abri d'un raid de berserkers éméchés ou grisés par les combats. Enfin, les berserkers avaient pour habitude de faire des prisonniers, qui leur servaient de domestiques ou de monnaie d'échange, et rien n'assurait qu'ils ne plieraient pas bagage en emportant quelques oasiens avec eux.

Plusieurs pistes d'actions furent alors évoquées. Parmi les plus sérieuses, l'une consistait à empoisonner la nourriture des berserkers en y glissant de petites graines noires des tomates du bush. On pouvait aussi utiliser de la poudre de noix d'anacardiers qui, crues, contiennent une substance toxique potentiellement fatale si elle est consommée en grande quantité. Une autre idée consistait à libérer un maximum de prisonniers, sur l'autre rive du lac, afin de gagner des renforts. Elle partait du principe que les malheureux auraient à cœur de se venger.

Dès lors, chacun fut invité à s'exprimer. Mais il ne s'agissait pas que des exclamations fusent en tous sens comme c'était souvent le cas, au risque d'alerter les berserkers. Les participants devaient donc se signaler d'un geste puis attendre d'avoir la parole, qui était donnée par les Mères savantes. Celles-ci venaient toucher l'épaule de la personne quand c'était à son tour de parler. Les prises de parole se faisaient alors à voix basse et en allant droit à l'essentiel. Les voisins immédiats devaient ensuite murmurer ces propos aux personnes les plus proches et l'idée se propageait ainsi à travers l'assemblée. Cela ralentissait le flux des échanges mais obligeait à être succinct et épargnait les longs discours verbeux.

Mais peu de villageois, en fin de compte, se manifestèrent pour prendre la parole. La plupart se sentaient en réalité démunis quant à ce qu'il convenait de faire et préféraient s'en remettre à ceux qui avaient un avis. L'idée de l'empoisonnement fut repoussée car la nourriture livrée aux berserkers était également servie aux chevaux et aux prisonniers. Quant à la libération des détenus, cela semblait à tous une bonne idée, à la fois en termes de rapport de force et de solidarité, mais plusieurs voix en questionnèrent la faisabilité : comment allait-on s'y prendre ? On n'était pas de taille face aux berserkers, on n'était même pas armé.

Une Mère savante intervint alors.

« Oasiennes, oasiens, nous avons étudié les différentes hypothèses avant de vous les soumettre. Nous le savons tous, la situation est exceptionnelle. Nous ne sommes pas cette nuit dans les conditions d'une veillée de délibération, mais de validation. Je vous demande donc de nous faire confiance. Nous avons un plan. Si vous approuvez le principe de libération des prisonniers, de petits groupes vont être formés et des tâches distribuées cette nuit même. »

La proposition fut alors soumise à l'assemblée et approuvée par une forêt de mains levées. Les villageois sentirent leur détermination fortifiée par cette décision unanime. Ils avaient un ennemi commun à combattre.

Plus le temps passait, plus le risque d'une descente des berserkers sur le village augmentait. Ce soir, tous les enfants étaient réunis en lieu sûr. Le dispositif était ficelé. Pour éviter toute baisse de détermination et tout retard, le plan devait être immédiatement exécuté.

L'ATTAQUE

Les villageois se couvrirent le visage de peintures de camouflage puis s'équipèrent de cordes et de bambous affûtés, préparés en amont et dissimulés parmi les bananiers. Par petits groupes, des consignes furent chuchotées, des plans expliqués et deux équipes furent formées. La première était chargée de défendre le village et les enfants en barrant la route aux berserkers venant de l'étang. Elle se positionna au sud de la clairière. La seconde devait partir à travers la forêt des grands arbres pour ensuite bifurquer vers le sud puis l'est, effectuant ainsi une grande boucle pour rejoindre le camp des prisonniers. Les berserkers, sûrs de leur domination, laissaient peu de gardiens avec les prisonniers. Ils préféraient ripailler avec les autres au bord de l'étang. Aussi la seconde équipe était-elle moins nombreuse et comptait sur le renfort des captifs. Quand l'assaut serait lancé, les berserkers seraient pris en tenaille et contraints de fuir vers la steppe par le ruisseau. Tel était le plan.

Mais d'après le récit que nous en firent les villageois plus tard, il en fut tout autrement.

Un berserk saoul et égaré, qui cherchait son chemin en titubant, atterrit à l'orée de la clairière au pire moment, alors que les villageois de la première équipe étaient encore en train de se poster. Il se mit à beugler à pleine voix, créant un raffut de tous les diables avant de s'écrouler ivre mort. Deux guerriers attirés par ses cris constatèrent rapidement que quelque chose d'étrange était en train de se passer au village et retournèrent en courant au campement pour donner l'alerte. Malgré la valériane et le jus fermenté, ils crièrent et secouèrent tant et si bien qu'ils finirent par réveiller presque tous les berserkers.

La seconde équipe rencontra des difficultés au moment de traverser la rivière. Une villageoise trébucha sur un rocher glissant et fut emportée par le courant. Sa robe large gonflée d'eau entravait ses mouvements et de précieuses minutes furent perdues à la dégager. Aussi, quand les premiers berserkers du lac commencèrent à émerger du sommeil, la seconde équipe était encore loin du but, et quand ils lancèrent l'attaque sur le village, les renforts espérés étaient toujours prisonniers.

La suite est confuse et les récits divergent, mais une chose est sûre : les berserkers sortis du sommeil s'abattirent sur le village comme une nuée en furie. Sans doute cela faisait-il des jours qu'ils en mouraient d'envie. Ils se déchaînèrent. Ce fut un véritable saccage. Les berserkers tapaient au hasard dans les troncs, coupaient des bananiers en deux d'un seul coup de machette, piétinaient les plantations en ricanant et progressaient dangereusement vers le figuier. Les villageois assistaient impuissants à ce déferlement odieux en attendant le signal. Quand ils entendirent enfin le sifflement convenu, ils se ruèrent sur les berserkers, le sang agité par la colère. La pagaille fut totale. Les combats faisaient rage et même sous la clarté de la lune il était difficile de distinguer quoi que ce soit dans la mêlée générale. Assez rapidement néanmoins, il apparut que les oasiens étaient en mauvaise posture. Ils n'étaient pas aussi lourdement armés que les berserkers, ni aussi entraînés. Sans le renfort du nombre, ils n'avaient aucune chance. La situation devenait critique et les prisonniers n'arrivaient toujours pas.

C'est alors que se produisit un événement inattendu, qui fit tout basculer. Les combattants entendirent soudain une nuée de cris suraigus courir de branche en branche, enfler et se rapprocher à une vitesse vertigineuse de la clairière. Toute la forêt semblait soudain animée d'une force vengeresse. *Mana*, se mirent à murmurer les villageois… Les feuilles se mirent à frémir, le vent à vrombir, le ciel se couvrit d'un voile ailé. Les arbres craquaient et les frondaisons s'agitaient. Le vacarme s'amplifiait de seconde en seconde, comme un grondement de tonnerre rebondissant sur chaque tronc, chaque feuille et chaque brin d'herbe, jusqu'à venir frapper les oreilles des guerriers. Les berserkers, inquiets, suspendirent leurs coups et se mirent aux aguets.

Ils virent soudain débouler de la forêt une armada de singes hurleurs qui bondirent à leurs têtes et se mirent, de mille doigts agiles et acérés, à leur arracher les cheveux par poignées. Du ciel, des centaines d'oiseaux effectuaient des piqués et tombaient comme de petits missiles de plumes sur les berserkers affolés. Et comme si cela ne suffisait pas, il se mit à tomber des margays des arbres, toutes griffes dehors, qui poursuivaient les combattants à terre après leur avoir labouré les épaules en atterrissant. Ce fut une cohue sans nom.

Les berserkers étaient déboussolés et terrifiés par ces attaques inouïes qui venaient de partout à la fois. Pris d'une frayeur superstitieuse, ils couraient en tous sens, hurlant aux forces démoniaques sous un déluge de griffes et de becs aiguisés. Ils avaient dû lâcher leurs armes pour se couvrir la tête des bras et fuyaient ainsi au hasard, trébuchant, se relevant, harcelés de toutes parts. Enfin, ils réussirent à s'orienter dans ce chaos de poils et de plumes et battirent en retraite vers l'étang en courant comme des damnés. Là, ils sautèrent sur leurs chevaux et, à demi écroulés sur leurs montures, disparurent au triple galop.

La seconde équipe, entre-temps, était arrivée au sud de l'étang, où la plupart des détenus dormaient. Un cheval hennit à leur approche et un berserk se retourna en maugréant dans son sommeil mais se rendormit aussitôt. Les autres berserkers n'avait pas cessé de ronfler. Quelques prisonniers éveillés regardaient les nouveaux venus avec des yeux agrandis par la peur. Les villageois les rassurèrent silencieusement et, désignant les berserkers, leur intimèrent de se taire en posant un doigt sur leur bouche. Ils commencèrent par détacher ceux qui ne dormaient pas puis libérèrent les captifs qui leur semblaient les plus combatifs. Furtivement, quand ils estimèrent qu'ils étaient assez nombreux, ils détachèrent les chevaux et, d'une tape sur la croupe, les firent partir au galop. Sous l'effet de la surprise, les gardiens désormais réveillés se mirent à courir après les chevaux, abandonnant leurs armes. Leurs réflexes étaient émoussés, ils étaient encore sous le charme de la valériane. Ils furent facilement maîtrisés. Après les avoir ligotés, les villageois et leurs nouveaux alliés finirent de libérer l'ensemble des prisonniers et se mirent en route vers la clairière. Ils arrivèrent juste à temps pour voir les berserkers décamper.

BLESSURES

Je garde de cette période des souvenirs confus. Nous avions passé la nuit dans la grande hutte avec les autres enfants, ignorant tout du chaos qui régnait à l'extérieur. Nous découvrîmes toute l'histoire après coup. Les villageois parlaient tous en même temps, le spectacle de la clairière dévastée était désolant. Nous étions effarés. Il était compliqué de démêler ce qu'il s'était passé et nous n'avions pas le temps de nous y attarder pour l'instant, des tâches urgentes nous attendaient.

De nombreux habitants, animaux et humains, avaient besoin de soins. Il fallait également s'occuper des prisonniers et s'assurer que chacun d'entre eux puisse reprendre des forces avant d'être reçu par les Mères savantes. Les berserkers blessés et les gardiens neutralisés devaient être emmenés à la caverne de l'oubli avant de pouvoir être accueillis. Il y avait fort à faire. À l'issue de toutes ces péripéties, nous avions une trentaine de nouveaux habitants dans l'Oasis.

La nuit de l'attaque, Violette faisait partie des oasiens restés sur place pour défendre la clairière et elle avait été sérieusement blessée au moment de l'assaut des berserkers. Parmi les premières à s'élancer quand le signal avait retenti, elle s'était ruée à corps perdu dans la bataille. Le couteau d'un berserk avait laissé une sale estafilade, longue et profonde, sur son front. Son corps était couvert de contusions et une de ses jambes était cassée au niveau du tibia. Ses jours n'étaient pas en danger mais ils le seraient si une de ses plaies venait à s'infecter.

Je passais les jours suivants à son chevet, n'ayant d'autre pensée que sa guérison et m'y dévouant entièrement. Je changeais le pansement de son front, épongeais son visage lors des accès de fièvre, la nourrissais du bout des doigts d'aliments que je prémâchais, préparais des tisanes et des onguents. Je dormis très peu durant cette période et perdis la notion du temps. Apache et Saphir passaient tous les jours prendre des nouvelles de Violette et me ravitailler, mais je refusais toute aide, ne tolérant pas que quiconque s'approche d'elle. Seul Chimère était autorisé à me relayer. Il me portait doucement sur ma couche quand je finissais par tomber d'épuisement.

Durant toute cette période, je ne voyais rien de l'agitation qui régnait dans le village, où les oasiens étaient occupés à soigner les blessés, se relayaient pour emmener les berserkers à la caverne de l'oubli et accueillir les anciens prisonniers. Tout le monde s'activait à remettre de l'ordre dans l'Oasis.

Il nous fallut du temps pour réaliser que Têtard était parti.

Le village était en pleine effervescence et chacun pansait ses plaies, aussi la disparition de Têtard, si elle émut certains, passa relativement inaperçue au début. La multiplicité des tâches, après l'attaque, n'en laissait guère le temps et l'inquiétude se concentrait sur les blessés.

Nous ne savions pas si Têtard avait rejoint les berserkers. Avait-il reconnu en eux le caractère hybride dans lequel il s'était senti si seul à l'Oasis ? Ou avait-il simplement décidé de vivre sa vie d'ours nomade et solitaire en retournant dans la steppe, comme Balafre et sa mère ? Était-il parti pour se mettre à la recherche d'autres ours, ou simplement pour se dégager de nous ?

Nous passâmes des soirées entières avec Apache, Saphir et Chimère à émettre mille hypothèses. Nous étions bouleversés. Craignant que le choc ne soit fatal à Violette, toujours fiévreuse et considérablement affaiblie par ses blessures, nous avions décidé de ne rien lui dire jusqu'à ce qu'elle soit suffisamment remise. Mais je portais la peine pour deux.

Je me torturais de remords et de regrets, revivant chaque scène de dispute et de joie jusqu'à la nausée. Mon esprit, égaré par le chagrin et perverti par le tourment, se mit à déployer une imagination morbide qui ne me ressemblait pas. Des images étrangères s'imposaient sans répit. Des images de Têtard meurtri, blessé, prisonnier, ou au contraire moqueur et heureux loin de moi défilaient dès que je fermais les yeux. Je me perdais en conjectures d'une noirceur et d'une variété qui me stupéfiaient moi-même.

Je me persuadai un jour qu'il était simplement tombé dans la forêt et gisait là, inanimé, attendant que quelqu'un vienne à son secours. Sitôt l'idée formulée, j'écumai toute la forêt, pleurant à longs sanglots à chaque arbre où il avait laissé la marque de ses griffes, sans rien trouver.

Et s'il était parti à la caverne de l'oubli? Mais je me reprenais aussitôt, c'était impossible, les villageois y faisaient des allers-retours réguliers avec les berserkers prisonniers. À moins qu'il ne les y ait précédés et soit désormais en train d'errer dans la steppe, incapable de se souvenir de l'Oasis, m'ayant oubliée… Mon cœur chavirait à cette pensée.

Et si les berserkers l'avaient kidnappé pour en faire leur esclave, ou le vendre? Je me le figurais entravé, coincé dans une de ces cages que les guerriers utilisaient pour enfermer singes et oiseaux. À moins qu'ils ne l'aient enrôlé pour en faire leur chef?

J'explorais pernicieusement chaque possibilité, dans un délire malsain, me tourmentant jours et nuits dans une escalade sans fin. Dans un sursaut, parfois, je tentais de me raisonner et me forçais à examiner les hypothèses les moins toxiques, mais tous les scénarios contenaient leur part de douleur.

Têtard me manquait à en mourir. Chaque endroit de l'Oasis était douloureusement imprégné de nos souvenirs. La vue de la rivière où nous avions été si heureux, enlacés l'un à l'autre sur les flots, m'arrachait des gémissements. Je ne pouvais plus mettre un pied à l'étang sans le voir sauter du ponton et exploser en sanglots. Le miel, le pain d'hibiscus avaient perdu toute saveur. C'est ainsi que je réalisai, en même temps que mes amis effarés, que j'étais tombée amoureuse de Têtard.

C'est dans cet état fébrile et tourmenté que je me trouvais quand Ondine et Atoll vinrent me chercher pour aller à la veillée du *mana*, organisée pour rendre hommage à nos alliés arbres, margays, singes et oiseaux. Leur renfort avait été décisif au cours de la bataille contre les berserkers et nous voulions les en remercier.

Pour une fois, les toucans et les singes-écureuils n'auraient pas à chaparder : les mets avaient été préparés pour eux. Les dik-diks étaient trop apeurés et les margays trop farouches pour se joindre à nous, aussi nous leur déposâmes des friandises à la lisière de la forêt. On voyait ainsi parfois une patte ou un museau s'emparer d'un fruit ou d'une bouchée sucrée. Les enfants s'extasiaient des acrobaties des singes et des vols planés des passereaux qui fondaient comme des éclairs sur la clairière pour repartir aussitôt vers la canopée, le bec farci de beignets.

Malgré l'obstacle qu'avait représenté la rivière pour la seconde équipe, nous plaçâmes de petits radeaux de fleurs dans le lac, à l'embouchure du ruisseau qui avait guidé la fuite des berserkers dans la steppe, pour remercier l'eau.

Les Mères savantes avaient attendu, pour convoquer cette veillée, que tout le monde soit rétabli et que chacun des anciens berserkers ait séjourné dans la caverne de l'oubli, afin que tout le monde puisse y participer. Quelques blessés manquaient néanmoins à l'appel, c'était le cas de Violette, encore trop faible et clouée au lit par sa jambe fracturée. Mais l'Oasis avait retrouvé sa beauté naturelle, les dégâts les plus importants avaient été réparés, des bananiers et des manguiers replantés là où les machettes avaient sévi. L'étang avait retrouvé une eau limpide et les traces de désolation laissées par les guerriers avaient été effacées.

C'était donc un soir de festivité, mais l'ambiance joyeuse qui régnait ne suffisait pas à dissiper ma mélancolie. Les plaisanteries de mes amis me pesant, je décidai de me dégourdir les jambes et me mis à errer au hasard à travers les groupes de villageois qui chahutaient, discutaient et chantaient.

Je m'arrêtai soudain, figée sur place. À quelques pas de moi, je venais d'apercevoir deux visages qui me semblaient familiers. Pensant que mes yeux me trahissaient, je me rapprochai du groupe pour mieux les observer. L'homme parlait peu et se contentait de sourire en hochant la tête. La femme, plus volubile, agitait les mains en discourant avec animation et ses longs cheveux ondulaient dans son dos quand elle riait. Je la vis sortir un curieux petit étui en bois de sa poche, y plonger son doigt et le passer délicatement sur ses lèvres. C'était bien eux ! Je poussai un cri et me précipitai sur eux. Je n'en revenais pas.

Le Cavalier et Bâton rouge me regardèrent éberlués et me repoussèrent doucement, vaguement gênés.

« Mais, vous vous connaissez? demanda un villageois interloqué.

— Non, pas du tout... »

Je me sentais confuse et un peu idiote de ne pas y avoir pensé. Bien sûr, moi je les connaissais, mais eux ne m'avaient jamais vue !

Quand nous étions devenues plus intimes avec Violette, cédant à la curiosité, je l'avais questionnée timidement sur ces compagnons de route avec lesquels elle avait cru former un clan. Je me souvenais parfaitement de ce qu'elle avait dit durant sa veillée d'arrivée. Elle m'avait alors confié la première rencontre dans le jardin éphémère, la manière dont Bâton rouge, « cette diablesse », les avait ensuite rejoints avec le Cavalier puis leur violente dispute avec Atticus et leur départ de l'îlot. Au début, ses yeux lançaient des éclairs quand elle en parlait. Elle ne pouvait pas leur pardonner le tourment et la mort d'Atticus. Elle pensait aussi, me confia-t-elle, que Têtard avait retenu les mots de Bâton rouge. Ceux-ci, disait-elle, lui avaient volé père et mère, l'égarant sur ses origines et brouillant son identité. Elle tenait la femme pour responsable des troubles de Têtard, de sa difficulté à se situer au sein de la communauté. Elle lui en voulait beaucoup.

Et puis, petit à petit, le temps aidant, il me sembla que le ressentiment de Violette s'était apaisé. Les souvenirs de la steppe se coloraient de nostalgie et ses propos se faisaient moins amers. Je la surpris un jour à sourire car, m'expliqua-t-elle, le geste d'un villageois lui avait fait penser au Cavalier. Elle pensait que Bâton rouge aurait adoré tresser ses cheveux de fleurs de frangipaniers. Ce jour-là, Violette s'était même demandé à haute voix ce qu'ils étaient devenus. J'avais donc tout lieu de croire qu'elle serait heureuse de les voir, et pensai même que le choc pourrait la sortir de sa léthargie.

« Venez avec moi, je vais tout vous expliquer. Violette a été blessée, mais vous voir va la remettre sur pieds, j'en suis sûre !

— Mon Dieu, Violette…

— Violette est ici ? »

Ils avaient tous les deux pâli mais je ne m'en préoccupai pas. Toute à mon idée, je les embarquai chacun d'un côté sans leur laisser le temps de souffler.

Je courus en les entraînant jusqu'à la hutte où Saphir avait insisté pour me relayer auprès de Violette et m'y engouffrai. Mon excitation tomba un peu au contact de l'atmosphère paisible et silencieuse qui régnait dans la pièce, bien loin de l'agitation enjouée et bruyante de la veillée. Saphir sourit en me voyant entrer avec mes deux invités.

Violette ne dormait pas. Relevée sur son coude, elle tourna la tête de mon côté, s'apprêtant à me demander comment se passait la veillée. Elle s'interrompit net en découvrant Bâton rouge et le Cavalier. J'eus soudain peur que le choc ne fût trop violent. Après quelques minutes à les dévisager immobile, Violette se laissa retomber sur sa couche et nous tourna le dos. Elle n'avait pas dit un mot.

Ce n'était pas ce que j'avais espéré. Je pris soudain conscience de la violence de ce que je venais de lui imposer et me mordis les lèvres au sang. Les larmes me montaient aux yeux. Saphir nous poussa doucement tous les trois jusqu'à la porte. Sur le seuil, elle me fixa d'un air interrogatif. Je lui expliquai la situation en quelques mots, la voix chavirée.

« Ne t'inquiète pas Princesse, elle a besoin de se faire à l'idée. Laissez-lui un peu de temps. »

Je m'enfuis, abandonnant le Cavalier et Bâton rouge, puis traînai comme une âme en peine dans la forêt le reste de la soirée.

Le lendemain matin, quand j'arrivai, Saphir était déjà là. J'osai à peine croiser le regard de Violette. Je redoutais ses premiers mots.

« Viens par ici, petit albedo. »

Elle tapotait la couche de sa main, m'invitant à me rapprocher d'elle.

« Regarde-moi. »

Comme je gardais les yeux baissés, elle prit mon menton entre ses mains et le releva.

« Voilà... Tout va bien. »

Violette me souriait.

« Va les chercher. »

Quand je revins avec le Cavalier et Bâton rouge, Violette s'était redressée dans son lit et avait piqué une fleur d'hibiscus dans ses cheveux. Nous ne l'avions pas vue aussi vive depuis l'attaque des berserkers.

« Venez plus près tous les deux, que je vous voie. Tu n'as pas changé, Cavalier... Bâton rouge... J'ai tellement pensé à toi. Racontez-moi, je veux tout savoir. Que vous est-il arrivé, où est Balafre, que diable faites-vous ici ? »

Au début, le Cavalier et Bâton rouge restèrent plantés comme des piquets, terriblement gênés. Mais tout dans l'attitude de Violette les encourageait et l'émotion l'emporta. Le Cavalier était encore sur son quant-à-soi que les deux femmes s'étreignaient déjà.

Saphir apporta des tabourets et des nattes, prépara de la tisane et disposa des beignets puis fit s'installer tout le monde. Le Cavalier et Bâton rouge nous racontèrent alors leur capture par les berserkers, un an plus tôt, et comment ceux-ci avaient pris Prevalski pour augmenter leur troupeau. Les longs mois de captivité, les humiliations et les épreuves avaient durci leurs traits mais adouci leurs cœurs. Ils avaient acquis, expliquèrent-ils, un goût pour le bonheur qui leur était jusqu'ici étranger. Il ne s'était pas passé une journée sans qu'ils repensent avec honte et culpabilité à ce qu'il s'était passé avec Atticus et Têtard. Face à la sauvagerie des berserkers, ils avaient regretté de toute leur âme d'avoir quitté l'îlot et réalisé combien ils avaient eux-mêmes causé de peines.

Hélas, Balafre avait été tué. Une nuit, un berserker ivre et armé d'un couteau s'était approché de ses chaînes et…

Ne sachant comment dire avec douceur l'horreur qui allait suivre, Bâton rouge hésita, réfléchit longuement, puis décida de la formuler le plus simplement possible. Le berserker s'était fait un manteau de la peau de l'ours. À cette nouvelle, Violette se raidit et je poussai un cri.

Nous laissâmes passer un temps en silence, chacun d'entre nous plongé dans ses pensées et ses souvenirs. C'est la visite inattendue d'un dik-dik qui nous ramena au moment présent. La petite antilope était entrée discrètement par la porte et ses minuscules sabots tintaient sur le plancher d'amarante. Nous regardant de biais, prête à déguerpir au moindre geste, elle allongea le cou vers un des beignets, le saisit promptement et s'enfuit en bondissant. Nous nous regardâmes, amusés. Le dik-dik nous avait divertis de nos tristes pensées.

J'avais été tellement surprise de retrouver les anciens compagnons de Violette que je n'avais pas une seule seconde songé au fait qu'ils allaient inévitablement s'interroger mutuellement. Les retrouvailles étaient en train de virer à un triste échange de nouvelles sur les autres membres du clan. Violette dut à son tour leur apprendre la mort d'Atticus. Ce matin-là, le Cavalier pleura comme je ne l'ai jamais revu pleurer depuis.

Fatalement, la conversation allait venir sur Têtard. Je redoutais ce moment plus que tout. Nous n'avions toujours pas annoncé sa disparition à Violette. Saphir aussi avait senti le danger. Elle tenta d'arguer de la fatigue de Violette pour que les visiteurs prennent congé, mais Violette protesta. Aucun d'entre eux ne comptait se séparer déjà. Ils ne pouvaient partager ces souvenirs avec personne d'autre dans l'Oasis et évoquer la perte de leurs absents était la seule façon de l'alléger.

Saphir et moi assistâmes impuissantes au fil inexorable de la conversation.

« Mais où est Têtard, Princesse ? Va le chercher, il devrait être avec nous.

— Il est arrivé ici avec toi Violette ? Il va bien ?

— Oh oui, il a tellement grandi… Vous n'allez pas reconnaître l'ourson que vous avez connu. »

La voix de Violette recelait encore un peu d'amertume et Bâton rouge s'en aperçut.

« Violette, je ne saurai jamais te dire à quel point je regrette. Ces paroles pleines de fiel, comment ai-je pu... J'ai été si cruelle... Je ne me le suis jamais pardonné. »

Violette se contenta de prendre la main de Bâton rouge.

Les yeux embués, je fixai le bois violet du sol. Saphir retenait sa respiration, trop émue pour parler.

Violette, intriguée par mon silence, nous regarda.

« Qu'est-ce que vous avez toutes les deux, vous êtes toutes pâles... »

Le visage de Violette devenait livide à mesure que nous nous taisions et que le doute s'insinuait en elle.

« Saphir, Princesse, qu'est-ce que... Il est arrivé quelque chose à Têtard ? »

Nous nous taisions toujours. J'essayais désespérément de murmurer quelque chose mais les mots restaient coincés dans ma gorge. Saphir s'était mise à pleurer silencieusement.

« Oh mon dieu... Il est arrivé quelque chose à Têtard et vous... Vous ne m'avez rien dit ? »

La voix de Violette montait et s'amplifiait.

« Mais bon sang, parlez ! Les berserkers... ? »

Elle se mordit le poing, frappa de l'autre sur sa couche, puis, comme si ce geste l'avait elle-même assommée, s'effondra et sembla se recroqueviller sur elle-même. Elle semblait d'un coup minuscule dans le lit. Sa voix se brisa et se mit à sangloter.

« Qu'est-il arrivé ? Oh non, non… mon Têtard… que lui est-il arrivé ? Oh je vous en prie, dites-moi ce qu'il s'est passé… »

J'étais incapable de parler. Saphir dut lui annoncer que Têtard avait disparu.

Quand Apache et Chimère arrivèrent à la hutte, ils s'arrêtèrent sur le seuil, désemparés : un couple d'inconnus était en train de préparer une valériane, Saphir avait les yeux rouges, Violette semblait à demi inconsciente dans son lit et, assise la tête sur les genoux, les bras entourant mes jambes, j'étais prostrée dans un coin.

Les jours passèrent, sans apporter de nouvelles de Têtard et nous perdîmes peu à peu tout espoir de le revoir. Inconsolable, je ne parlais plus à personne, ne lisais plus et passais mes journées allongée, à tourner et retourner le kaléidoscope que nous avions fabriqué ensemble. Nous étions retournés Têtard et moi chercher l'émeraude le lendemain de notre escapade aquatique et cette fois, bien serrée contre lui, j'avais réussi à l'atteindre du bout des doigts sans tomber. Notre kaléidoscope était le plus étincelant, le plus chatoyant, le plus rayonnant des trésors de l'Oasis. Après la disparition de Têtard, j'avais passé des heures à faire tourner et s'entrechoquer les pierres miroitantes. Là, à l'intérieur du fin tube de bambou, mon chagrin se métamorphosait, se sublimait en une myriade de paysages minuscules dans lesquels je me réfugiais. Le reste du monde autour de moi m'enserrait et m'étouffait, je m'y sentais à l'étroit. Dans cet univers de merveilleux insignifiants, je m'évadais dans des horizons illimités qui n'appartenaient qu'à moi.

Et puis un jour une Mère savante vint à mon chevet. Elle me chuchota beaucoup de choses à l'oreille. Elle me dit que j'étais l'albedo de l'Oasis, que le village était sombre sans moi. Elle me décrivit l'ennui morose de mes amis Atlas, Atoll, Mars et Ondine. Elle me dit encore qu'un margay, toujours le même, venait chaque soir miauler à l'orée du bois et que sa plainte saisissait tout le village de tristesse. Elle m'appela « Cheyenne, Princesse Vivide ». Et je sus que j'étais guérie. Mon jeune âge se rappelait à moi. J'avais encore mille vies à célébrer et la sève qui coulait dans mes veines ne demandait qu'à exulter.

Violette, elle, était déjà lestée de tant de chagrins, elle avait perdu tant d'êtres chers qu'elle ne parvenait pas, ou ne voulait plus refaire surface. Ses nuits étaient agitées de cauchemars, ses journées consacrées à retenir ses larmes. Son sang se chargea d'encre, son cœur de toxines. Puis elle arrêta de se débattre et se mit à sombrer paisiblement. Elle cessa de s'alimenter.

Sans un murmure de reproche ni une plainte, Violette coulait comme elle avait vécu parmi nous, avec discrétion, générosité et courage, et nous assistions, impuissants, à son naufrage.

Un matin, elle n'ouvrit plus les yeux. Elle avait touché le fond de l'abîme et n'en revint plus.

Nos vies se sont toujours entremêlées. Quand nous vivions ensemble dans la hutte, j'avais parfois l'impression d'être Violette, de voir par ses yeux et de sentir le pouls de son cœur battre dans mes poignets. Ses souvenirs devenaient les miens, j'endossais son passé. Dans ces moments j'étais à la fois sa fille, sa sœur, sa mère et son double. Je l'aimais et m'aimais à travers le regard qu'elle posait sur moi. Ces moments de fusion n'avaient rien de confus, j'avais au contraire le sentiment d'être d'une lucidité étonnamment aiguisée. Un sentiment de puissance tel m'envahissait alors que j'aurais pu lire l'avenir, déchiffrer les destins, affronter des dragons et enfanter des rois.

Quand Violette mourut, je l'accueillis en moi. Tout ce qu'elle était infusa mes sens et mon esprit. Des jeux de main qui étaient les siens firent leur apparition dans ma gestuelle. Un accent qui n'était pas le mien teintait la fin de mes phrases. Je me mis à raffoler des mangues séchées qu'avant je détestais. Je devins une as de l'acrobatie et pouvais défier Miyou à la course sans avoir à rougir de ma célérité. Je savais le nom des plantes et leur usage. J'étais Princesse et Violette, Cheyenne, Vivide et Véloce, tout à la fois.

Quand on enterra Violette près de la caverne de l'oubli, je ne pleurai pas. Je souris tendrement en nous caressant le bras. Elle était là, avec moi.

Quand Violette avait commencé à se laisser glisser vers la mort, plusieurs voix s'étaient élevées pour la conduire à la caverne de l'oubli et ainsi la sauver. Violette s'y était farouchement opposée et nous avait fait promettre de ne pas l'y emmener contre son gré.

Les mauvaises et les bonnes choses, les joies comme les tracas : elle voulait se souvenir de tout. De son arbre foudroyé et de son bébé perdu, de la steppe interminable et de la tanière où Têtard avait ronronné contre elle pour la première fois. Des lectures d'Atticus et des mains de Chimère. Du murmure du vent dans la frondaison des anacardiers, du bruissement des margays dans les branches et du vol des toucans. Elle refusait de faire disparaître de sa mémoire, pas même une seconde, ce moment précis où, au détour d'un ruisseau, une petite Cheyenne était apparue dans sa vie.

Je sais désormais que la caverne de l'oubli m'est à moi aussi interdite. Je suis porteuse de cette mémoire, je l'ai promis.

« TOUT EST VRAI »

GLOSSAIRE, SYMBOLIQUE ET COULISSES

★

J'ai commencé à écrire l'histoire de Violette en plein hiver au pied du Vercors, le 1er janvier 2020. J'avais une trame de récit, des paysages qui formaient des univers et des personnages avec leurs caractères. Je savais depuis le début que ce serait l'histoire d'une femme et d'un ourson, la scène fondatrice entre Violette et Têtard ne me quittait plus. J'étais fin prête.

Je me suis mise à écrire avec une envie féroce de grands espaces arides et de végétation luxuriante. Je voulais de l'imaginaire et des émotions, l'enchantement du hors-du-commun. En un mot, j'avais faim d'extraordinaire.

Pourtant, tout est vrai dans *Là où le feu et l'ours*.

Ou, plus précisément, tout ce qui forme son univers.

Assez rapidement, j'ai fait le choix de ne pas faire parler les animaux, que personne ne se mette en lévitation, qu'il n'y ait pas de magie ni de science-fiction dans le scénario.

Tout ce que vous venez de lire existe. Les jardins éphémères, les dik-dik et les margays, les vents de feu et même le mythe des berserkers. Rien de tout cela n'est né de mon imagination.

L'histoire de Violette nous rappelle que le plus extraordinaire est souvent là, pour le meilleur comme pour le pire, sous nos yeux.

Note : Je ne suis pas une scientifique. Ni en botanique tropicale, ni en anthropologie, ni en éthologie des ours, ni en mythologie scandinave, ni en toxicologie. Ce qui suit est donc mon interprétation des documents et sources que j'ai pu consulter sur tous ces sujets et qui m'ont inspirée pour l'histoire de Violette, qui elle-même prend de grandes libertés avec la réalité. Car c'est le plaisir du roman…

CLIMAT : DES REFLETS DYSTOPIQUES

Le déchaînement d'éléments capricieux et violents que subit Violette dans la steppe est le reflet dystopique du dérèglement climatique actuel. Des pluies diluviennes, des sécheresses brûlantes et des tourbillons de feu : tout cela existe déjà.

Mais dans la steppe, il n'y a plus de cycle des saisons tel qu'on le connaît actuellement, de l'été au printemps. Celles-ci sont remplacées par des épisodes accélérés et très localisés : des averses de pluie tombent au hasard et, parfois, produisent des jardins éphémères. Ces jardins, dès que le temps redevient chaud et sec, se dessèchent rapidement et la végétation se transforme alors en combustible. Puis, immanquablement, le vent se lève. Dès lors il suffit d'une étincelle…

TROUVER LA PLUIE

« *Violette guette à s'en brûler les yeux, jour après jour, mais il n'y a ni nuage, ni arbre, ni oiseau. Aucun signe d'îlot.* »

Violette guette trois éléments pour trouver la pluie et donc, peut-être, un jardin éphémère, de la nourriture et de l'eau : les nuages, annonciateurs d'averse, les oiseaux qui peuvent indiquer la présence d'insectes et de végétation (les marins au long cours guettaient aussi les oiseaux pour savoir s'ils approchaient d'une île ou d'une côte, avant le guidage par satellite), et l'arbre, rare dans ces étendues.

Pourquoi guetter un arbre quand on cherche la pluie ? Des chercheurs pensent que les très grands arbres de la forêt amazonienne sont capables de déclencher la pluie : ils absorbent l'eau du sol par les racines et la font monter jusqu'à la cime. Là, ils évacuent l'eau par leurs feuilles, c'est l'évapotranspiration. L'humidité ainsi relâchée finit par former des nuages et il peut alors pleuvoir. Ce qui est certain c'est que la présence d'arbres permet de retenir et de réguler l'humidité. C'est un des principes de l'agroforesterie, qui consiste à associer arbres et cultures vivrières.

FLORAISON DU DÉSERT ET JARDINS ÉPHÉMÈRES

« Devant eux, enchâssée entre deux levées de terre, une minuscule vallée couverte de fleurs, au milieu de laquelle coule l'eau. »

Les jardins éphémères existent vraiment, même s'ils ne s'appellent pas ainsi dans la vraie vie. Ce sont des graines enfouies dans le désert qui attendent l'eau patiemment, parfois depuis plusieurs années, et germent en quelques semaines après la pluie. Ces floraisons du désert sont rares et ne durent pas longtemps, mais c'est magnifique. Vous pouvez facilement chercher des photos de ces déserts couverts de fleurs. Vous trouverez alors les images d'un des déserts les plus secs, les plus arides, les plus hostiles, celui de l'Atacama au Chili (tellement inhospitalier que la Nasa s'en sert pour tester ses robots avant de les envoyer sur Mars !). Tous les cinq à sept ans en moyenne, il devient le « desierto florido », ou « désert fleuri » : ces années-là, l'équivalent de plusieurs années de précipitations tombent en quelques heures et des dizaines d'espèces de fleurs apparaissent plus tard dans le désert.

Ce phénomène existe aussi aux États-Unis dans l'Utah, l'Arizona et en Californie avec ses tapis de coquelicots orange et les verveines violette, dans le désert de Sonora au Mexique, en Afrique du Sud, en Australie, dans le désert de Judée et dans le désert de Gobi, à la frontière entre la Chine et la Mongolie-Extérieure.

VENTS DE FEU

« Violette a déjà vu des tempêtes et des brasiers, mais jamais d'aussi imposante conjonction des deux. »

Lorsque l'air est chaud et sec, comme dans la steppe, l'eau s'évapore et la végétation devient sèche. C'est de plus en plus fréquent avec le réchauffement climatique. Et plus cette sécheresse dure, plus les parties de grande taille des plantes – comme les tiges et les branches – sont touchées. Cela devient alors franchement dangereux, car les incendies durent plus longtemps. C'est comme quand on allume un feu dans un poêle ou une cheminée : les brindilles, le petit bois, servent à lancer le feu et ensuite ce sont de grosses bûches qui le maintiennent allumé plus longtemps.

Depuis quelques années on voit se multiplier des méga-incendies dont vous avez peut-être vu des images, en Australie ou en Californie notamment, avec la ville de Los Angeles nimbée d'une obscurité orange ou ces malheureux koalas au poil roussi. Ces grands incendies sont souvent provoqués par la sécheresse et attisés par le vent. Lorsqu'ils sont particulièrement grands et intenses, les incendies créent eux-mêmes ce vent : l'air chaud monte tellement vite qu'il se forme un vide, dans lequel l'air environnant s'engouffre violemment. Ce tourbillon d'air crée un vent de feu, qui à son tour alimente les feux jusqu'à ce qu'il n'y ait plus aucun combustible.

TÊTARD NE POUVAIT PAS ÊTRE UN GROLAR

On voit souvent Balafre se dresser sur ses pattes pour observer la steppe : les ours complètent ainsi parfois le flair par la vue. Les traces de griffes sur les troncs des arbres sont aussi un moyen réel qu'ont les ours de marquer leur territoire. Je me suis beaucoup documentée sur les ours avant d'écrire ce livre. Il en existe évidemment plusieurs espèces.

Dans la série de romans jeunesse *La Quête des ours* signée Erin Hunter, pseudonyme d'un collectif d'écrivaines, on suit ainsi les aventures de trois oursons : une ourse polaire, Kallik, un ours brun, ou grizzly, Toklo, et une ourse noire, Lusa. Leur taille, leur alimentation, leurs territoires et leurs comportements sont différents. Après avoir étudié les trois, avec l'aide précieuse notamment de *L'Ours, l'autre de l'homme* de Rémy Marion, il s'est avéré que l'ours brun était celui qui collait le mieux avec l'histoire que j'avais envie de raconter. C'est ainsi que Têtard est devenu un grizzly.

Mais Têtard a bien failli devenir un *pizzly* ! De l'Alaska au Japon, face à la réduction de leur habitat et de leurs zones de chasse, grignotés par l'extension des villes humaines et la déforestation, la pollution et la fonte de la banquise, les ours ont dû commencer à migrer pour trouver à manger – et à vivre. C'est le sens de la citation «anonyme» qui figure au début du livre. Avec ces déplacements de population, ce qui était impossible avant s'est produit : des ours polaires et des ours brun se rencontrent et, parfois, s'accouplent. J'ai hésité à faire de Têtard un petit hybride né de ce type d'union, qu'on appelle *pizzly*, ou *grolar* (de *grizzly* et *polar*, en anglais) mais reconnaissons que grolar, en français, sonne moins élégant.

D'UNE PETITE BOULE DE POILS À L'ÉMANCIPATION

Je devais penser la durée, pour que le récit et les comportements de Têtard soient cohérents. J'ai ainsi appris qu'un ours a une durée de vie de vingt à trente ans à l'état sauvage. Un ourson sort de sa tanière à cinq mois, il pèse alors cinq à six kilos et ronronne vraiment quand il tête ! L'allaitement dure entre six et dix-huit mois mais il commence à manger autre chose que le lait maternel (beaucoup plus gras que celui d'une femme) dès sa sortie de la tanière.

Ce sont les mères qui éduquent les petits, les mâles s'en désintéressent et peuvent même aller jusqu'à tuer un ourson si celui-ci représente un frein à l'accouplement. C'est la raison pour laquelle la mère de Têtard le met à l'abri quand Balafre les attaque. Les oursons sont éduqués pendant deux à trois ans avant d'être «émancipés», c'est-à-dire capables de se débrouiller seuls. Deux ans, c'est l'âge qu'a Têtard quand il arrive à l'Oasis, on pourrait dire qu'il est alors entre l'adolescence et l'âge adulte. Il quitte l'Oasis à trois ans, l'âge de l'émancipation. Un mâle est dans la force de l'âge à treize ans, Têtard en a douze dans la partie « Je vous écris du futur » de Princesse Cheyenne.

PAPILLONS DE NUIT (NOURRITURE D'OURS)

« Il va un peu plus loin, choisit une pierre plus grosse, la retourne d'un coup de patte. Et se retrouve soudain entouré d'une nuée de papillons de nuit, échappés de leur cachette journalière. »

Cet épisode aussi est véridique. Dans le parc de Yellowstone, aux États-Unis, les ours retournent les pierres et se goinfrent de papillons de nuit, comme Balafre et Têtard. Enfouis dans la roche, les papillons sortent le soir butiner les fleurs, comme dans les jardins éphémères. Un papillon ne représente qu'une demi-calorie, il en faut beaucoup pour nourrir un ours : ceux-ci peuvent en manger jusqu'à 40 000 par jour ! Sur certaines vidéos on les voit mouliner de leurs pattes et la ruse de Têtard a également été documentée. Pour en savoir plus vous pouvez notamment regarder le documentaire de Thomas Winston consacré à Yellowstone.

UN « ÊTRE DE LA MÉTAMORPHOSE »

« Le combat que s'étaient livrés en lui le combattant et le compagnon, l'ours et le fils, le fauve et l'oasien, venait de

trouver une issue fatale dans le regard admiratif et respectueux des berserkers. »

Je ne voulais pas faire appel à la magie et à l'improbable avec un ours qui parle, il a donc fallu trouver d'autres manières de laisser Têtard exprimer ses émotions et humeurs. Je ne voulais pas non plus faire preuve d'anthropomorphisme, c'est-à-dire prêter des attitudes humaines à un ours. C'est la raison pour laquelle Balafre ne prend pas le jeune ourson en pitié, pas plus que Têtard ne pleure sur le cadavre de sa mère. Mais au fil du récit et de son éducation en compagnie d'êtres humains, Têtard va acquérir une forme de sensibilité hybride, à la fois ursine et humaine.

Têtard est un « être de la métamorphose », comme le conceptualisent Baptiste Morizot et Nastassja Martin : « Son statut n'est pas assignable, et les relations sociales qu'il entretient avec le collectif humain en présence ne sont pas stabilisées. […] le temps mythique est un temps où sont remis en jeu les statuts et les relations. »

URSUS N'EST PAS DIABOLUS

« *Autrefois les ours vivaient dans les forêts, les montagnes, les déserts et les terres gelées. Ils étaient respectés et redoutés. Toutes sortes d'histoires fantastiques d'ours féroces et libidineux circulaient.* »

Puisqu'il est question de temps mythiques, je dois mentionner dans mes sources d'inspiration ursines *L'Homme qui savait la langue des serpents* et sa sœur qui tomba amoureuse d'un ours. Ce merveilleux roman estonien d'Andrus Kivirähk se passe dans la mythologie du XIIIe siècle, avant l'arrivée des colons chrétiens et de l'agriculture. Les ours y sont présentés comme des plantigrades benêts et touchants, de grands amoureux qui espionnent l'objet de leur cœur « des journées entières, patiemment, sans manger ni boire, la tête penchée de côté, les pattes paisiblement croisées sur le ventre et l'air bêtement enamouré », avant de « claudiquer gauchement vers l'élue de ses rêves, un bouton d'or cueilli sur la lande entre les dents ».

Dans l'extrait «anonyme» en exergue du roman, je parle aussi « d'histoires fantastiques d'ours féroces et libidineux ». L'historien et écrivain Michel Pastoureau a étudié la figure de l'ours à travers les âges et les cultures, ses entretiens passionnants sont à écouter. Il rappelle que l'ours a été diabolisé par l'Église : « Ursus est diabolus » selon saint Augustin. Pourquoi faire ainsi de l'ours une créature maléfique? Tout simplement parce que vénéré, respecté et redouté, l'ours faisait de l'ombre au culte du Christ. Il a donc été méthodiquement exterminé et remplacé dans son statut de roi des animaux par un animal plus exotique et plus lointain, donc moins dangereux pour l'Église, le lion. C'est ainsi que l'ours est ainsi devenu, petit à petit, symbole de sauvagerie, de bestialité au sens le moins noble du terme et fut même présenté comme un monstre qui enlevait les jeunes femmes pour s'accoupler avec elles.

J'avais envie d'inverser ce mythe injuste de l'ours violent et violeur, en imaginant l'inverse, des rapports maternels, sensuels ou amoureux, qui soient sincères et partagés. C'est ainsi que l'histoire de Violette a débuté dans mon esprit par l'image d'un ourson nouveau-né, orphelin et vulnérable, sauvé et adopté par une jeune femme...

Je veux enfin rendre hommage à un autre personnage d'ours inoubliable, Iorek Byrnison, dans la magnifique trilogie *À la croisée des mondes* de Philip Pullman. Je l'ai lue il y a longtemps, sur les conseils de mon fils, et pour ne pas me laisser influencer je ne l'ai pas relue récemment, mais cet ours déchu, berné par l'alcool, drogué et rendu impuissant, m'avait marquée puissamment. Maintenant que j'ai fini d'écrire l'histoire de Violette je vais pouvoir m'y replonger et je vous conseille chaleureusement d'en faire autant !

LES TROIS LIVRES D'ATTICUS

ATTICUS

Le prénom d'Atticus est un hommage au père de la jeune Scout dans le roman de Harper Lee, *Ne tirez pas sur l'oiseau moqueur,* qui a aussi été adapté en film : *Du silence et des ombres*, avec Gregory Peck. Sage et bienveillant, il est pour moi synonyme de clairvoyance, de bonté, d'honnêteté et de courage.

Atticus est aussi le nom d'un épicurien, qui vécut en 110-32 avant Jésus-Christ et fut le correspondant de Cicéron, dont on nous dit qu'il était fin lettré et issu d'une famille équestre, un clin d'œil à Maverick et Prevalski. Cet Atticus aussi préférait cultiver sa dignité et sa tranquillité, et refusa les premiers rôles et les honneurs. Comme l'Atticus de Violette qui lui fait promettre de ne pas le suivre avant de s'éloigner dans la steppe pour ne jamais revenir, atteint d'une maladie grave, il déclara : « Je n'ai pas voulu que vous l'ignoriez; je suis résolu de cesser de nourrir mon mal. Par tous les aliments que j'ai pris ces jours-ci, j'ai prolongé ma vie de manière que j'ai augmenté mes douleurs sans espoir de guérison. Je vous demande donc, premièrement, que vous approuviez mon dessein, et ensuite que vous ne tentiez pas vainement de m'en détourner. » Il mourut cinq jours plus tard.

Cornélius Népos, un historien romain contemporain d'Atticus, dit de lui : « Atticus ne mentait point, ni ne pouvait souffrir qu'on mentît. Aussi son affabilité était sérieuse, et sa gravité douce et aisée ; en sorte qu'il était difficile de savoir si ses amis le respectaient plus qu'ils ne l'aimaient. »

TROIS VIEUX LIVRES ABÎMÉS

« Des grains de sable se sont glissés entre les pages et ont usé la trame du papier. Cette poussière de la steppe qui s'insinue partout est un vrai diable, les couvertures sont à demi effacées. »

LES CAVALIERS

Si le prénom d'Atticus est issu d'un livre de Harper Lee, le personnage de Guardi Guedj auquel est attribué le proverbe « Si la chance est avec toi, pourquoi courir ? Et si la chance n'est pas avec toi, pourquoi courir ? » vient lui aussi d'un roman, *Les Cavaliers*, de Joseph Kessel. C'est un des livres qu'Atticus va léguer à Violette, celui sur la couverture duquel « on distingue encore le titre, deux silhouettes sur un cheval et le visage en gros plan d'un homme enturbanné ». Sa lecture va marquer Violette, « captivée par le récit de ces courses de chevaux, pleine d'incompréhension devant la brutalité des hommes qui se battent pour une dépouille de bouc, horrifiée par les combats de chameaux et fascinée par la longue chevauchée à travers la steppe montagneuse d'un fils fier et blessé ».

C'est aussi un extrait de ce livre qui ouvre la première partie, consacré à l'arrivée de ces cavaliers dans la vallée de Bamyian, en Afghanistan, où les trois statues monumentales de Bouddhas (de 10, 38 et 53 mètres de haut !) classées au patrimoine mondial de l'Unesco se dressèrent pendant près de deux millénaires, jusqu'à leur destruction par les talibans en mars 2001.

L'APPEL DE LA FORÊT

Le deuxième livre d'Atticus, celui avec le « dessin très pâle d'un loup qui montre les crocs » est *L'Appel de la forêt* de Jack London. Ce très beau roman raconte l'histoire de Buck, un chien domestique vendu comme chien de traîneau à l'époque de la ruée vers l'or, qui va peu à peu redevenir sauvage. Dans le territoire rude du Yukon, il va devoir voler et se battre pour survivre. Il finira par rejoindre une meute de loups dont il deviendra le chef.

Cette ambiguïté entre la compagnie des humains et la vie sauvage, c'est aussi celle qui va tourmenter Têtard dans l'Oasis, le rapprocher des berserkers et provoquer son départ…

SUZANNE ET LE PACIFIQUE

« Sur la dernière couverture, un visage de femme est posé sur une main, ses cheveux sont faits de vagues. Et un prénom : Suzanne. »

Cette robinsonnade de Jean Giraudoux, parue en 1921, est moins connue que celle de Michel Tournier

Vendredi ou les limbes du Pacifique, de 1967 (*Vendredi ou la vie sauvage* dans sa version destinée à la jeunesse en 1977) ou plus récemment *Le Royaume de Kensuké* de Michael Morpurgo, toutes inspirées du Robinson Crusoé de Daniel Defoe, publié en 1719. Elle est pourtant magnifique, écrite comme si chaque phrase devait fournir matière à tout un roman et pleine de descriptions paradisiaques. Et elle a un énorme avantage, pas si fréquent : dans cette version de Giraudoux, Robinson est une femme, Suzanne – et ça change tout.

Dans l'histoire de Violette, le personnage de Robinson et son îlot sont aussi un hommage direct à cette longue lignée de solitaires échoués sur des îles désertes.

DANS LA STEPPE

SUCCULENCE

« Violette, tous les soirs, déploie des filets de rosée qui leur fournissent un peu d'eau au réveil. Trop peu. Dans la journée elle chasse des lézards, cueille des baies et des herbes au goût amer. Parfois, les grandes griffes de Balafre dénichent sous le sol un rongeur enterré pour échapper à la chaleur et fendent des cactées dont la succulence, cette capacité à faire des réserves, leur permet de disposer d'un peu d'eau. »

L'eau est évidemment le premier souci dans la steppe. S'inspirant du phénomène de la rosée du matin (ou de la buée sur les vitres), des chercheurs ont inventé les « capteurs de brouillard », l'équivalent des filets de rosée de Violette. Lorsque l'air entre en contact avec une surface froide, la vapeur d'eau qu'il contient passe de l'état gazeux à l'état de gouttelettes liquides, c'est la condensation. Au Pérou, une association en a installé 1 500, notamment dans la ville de Lima qui est régulièrement plongée dans la brume, bien qu'elle soit située en plein désert.

On peut aussi trouver de l'eau dans certaines plantes. Une plante *succulente* n'est pas un mets délicieux, mais une plante charnue, comme les cactus, qui s'est adaptée au désert en stockant de l'eau dans ses feuilles, tiges ou racines. Parfois les feuilles sont par exemple recouvertes de poils pour mieux retenir l'eau.

GO BUSH ET MARRONNAGE

« Son regard parcourt pour la millième fois l'horizon. Une longue étendue sans relief, un résidu de brouillard poussiéreux. À perte de vue, le sol est jaune paille, parsemé de petits rochers beiges et du brun à peine plus soutenu des buissons. »

Quand on écrit un roman, on cherche parfois des synonymes pour éviter les répétitions. Mais généralement s'il existe des mots différents c'est qu'ils ont des sens différents, des nuances et des particularités. Ainsi, pour la steppe, peut-on parler indifféremment de désert, de pampa ou de bush ? Pas vraiment, car ce sont des écosystèmes différents, qui n'ont pas le même climat, la même faune ni la même végétation.

Le bush par exemple, en Australie ou en Nouvelle-Zélande, est un territoire avec des renards, des dromadaires et des lapins, des pâturages, de la savane ou des forêts, qui ne fonctionnait pas avec l'histoire de Violette. J'y ai renoncé à regret, tant j'aime l'expression anglaise *to go bush*, équivalent du français « revenir aux sources », pour les gens qui vivent « à la sauvage » ou, pour les fugitifs tentant d'échapper à la police, à notre « prendre le maquis ». C'est aussi un bel écho au terme de « marronnage », emprunté aux Amérindiens Arawaks (de *cimarrón*, « vivant sur les cimes »), qui désignait le retour à la vie sauvage d'animaux domestiques, comme Buck ou le cheval de Przewalski puis, à partir du XVIe siècle, la fuite des esclaves noirs des colonies d'Amérique dans les bois et les montagnes afin de vivre en liberté, avant enfin de désigner plus globalement tous ceux qui retournent vers un « état de nature ».

PETITES GRAINES NOIRES ET TOMATES VERTES

« Plusieurs pistes d'actions furent évoquées. Parmi les plus sérieuses, l'une consistait à empoisonner la nourriture des berserkers en y glissant de petites graines noires des tomates du bush. »

Je n'ai conservé le terme de *bush*, paradoxalement, que dans l'Oasis pour qualifier les « tomates du bush », qui existent bel et bien en Australie et sont cultivées dans le désert Tanami par les aborigènes. Interrogée sur la colonisation, les méga-feux et la perte de savoirs aborigènes en Australie, l'anthropologue Barbara Glowczewski explique sur le site Reporterre que c'est « un petit fruit rond vert vif, très juteux et riche en vitamines, qu'il faut ouvrir pour en retirer les petites graines noires – très nocives – à l'aide d'une cuillère en bois spéciale. Ces champs immenses se trouvent dans des paysages qui ont l'air d'être sauvages. Récemment, des femmes Warlpiri m'ont dit qu'il n'y avait plus de tomates du bush : elles ne sont pas retournées faire ce genre de collecte pendant des années, n'ont pas fait tomber les graines, et les tomates n'ont donc pas repoussé ».

BÂTON ROUGE ET LES OURS SACRIFIÉS

« La mixture donne une sorte de pâte onctueuse, rouge vif, qu'elle dépose du doigt sur ses lèvres aux moments les moins appropriés... »

Bâton rouge est l'archétype du personnage qu'on adore détester. Son surnom est évidemment une allusion au rouge à lèvres dont elle ne se sépare jamais. Mais il évoque aussi la ville de Bâton-Rouge aux États-Unis, une ville au climat subtropical qui se situe en Louisiane. En 1699, des explorateurs français auraient nommé ce lieu ainsi parce qu'ils y avaient découvert de grands poteaux rouge sang, coiffés de têtes de poissons et d'ours offerts en sacrifice, selon la coutume des premiers habitants des États-Unis, les Amérindiens, qui furent exterminés par les colons européens.

SHANGRI-LA, LA VALLÉE IMAGINAIRE

« Ici j'ai vécu, ici je mourrai, de l'Oasis inconnu. Mais vous y arriverez, au Shangri-La qui jamais ne s'assèche, îlot permanent sans vent ni incendie, baigné d'eau flûtée et peuplé d'amis. »

Le Shangri-La auquel fait allusion Robinson dans ses envolées lyriques est un lieu imaginaire décrit dans un roman intitulé *Lost Horizon* (« *Les Horizons perdus »)*, écrit par James Hilton en 1933 et adapté au cinéma par Frank Capra en 1937 (je vous recommande tous les films de Capra, à commencer par celui-là).

Les rescapés d'un accident d'avion, perdus aux confins du Tibet, y découvrent une vallée idyllique, paisible et coupée du monde extérieur. De nombreuses personnes ont cherché à savoir si ce lieu existait vraiment, et certains pays ont aussi essayé d'attirer les curieux en prétendant abriter le véritable Shangri-La. L'hypothèse la plus vraisemblable réside dans la vallée de la Hunza, au nord du Pakistan, que James Hilton aurait visitée avant d'écrire son roman. C'est une vallée verdoyante et isolée, entourée de montagnes, dont on dit que les habitants ne connaissent pas la maladie, vivent centenaires et n'ont ni banques ni prisons… Le paradis.

BERSERKERS, LES GUERRIERS-FAUVES D'ODIN

« Les berserkers étaient des guerriers mythiques dont tout le monde parlait sans les avoir jamais vus. »

Le berserk (ou berserker) est un guerrier-fauve issu des légendes scandinaves. En vieux norrois, une langue médiévale, *berserk* signifie « peau d'ours », du nom de la dépouille qui leur sert d'armure et symbolise leur puissance et leur courage surhumains. Le berserk peut être guerrier-ours, sanglier ou loup, avec toujours un point commun : saisi de fureur, il devient une brute invincible, insensible aux blessures et à la peur. C'est ce qui a donné en anglais l'expression *to go berserk* qui veut dire « devenir fou furieux » ou encore « péter les plombs ».

Les berserkers (ou berserkir) étaient les guerriers d'Odin, le dieu principal de la mythologie nordique. Ils devaient passer un rituel initiatique qui consistait à tuer symboliquement l'image de l'ours, puis boire son sang afin que le pouvoir de l'ours se répande en eux. Ils devenaient alors berserkers et obtenaient le don de métamorphose : lors de leurs crises de fureur, les berserkers laissaient l'esprit animal, ours ou loup, prendre le contrôle de leurs actes et leur insuffler sa puissance.

Sur cette rage qui saisit les berserkers, plusieurs interprétations ont été données, de l'utilisation de drogues, comme l'amanite tue-mouche ou la jusquiame noire (les « plantes psychotropes à la tige visqueuse et velue » dont il est fait mention dans l'Oasis), à des rites chamaniques ou encore à des syndromes de stress post-traumatique liés aux combats (le PTSD en anglais, dont il est question dans les films consacrés aux vétérans du Vietnam notamment, comme *Voyage au bout de l'enfer*, *Apocalypse Now* ou *Rambo*).

MANA, LA PUISSANCE INEXPLIQUÉE

« J'entends mon petit ronronner dans son sommeil. Il a le mana *de l'ours. »*

Le mana dont parle Princesse Cheyenne dans « Je vous écris du futur » et la grande bataille contre les berserkers – « Toute la forêt semblait soudain animée d'une force vengeresse. Mana, se mirent à murmurer les villageois... » – m'a été soufflé par l'écrivain Alain Damasio qui, pendant que je rédigeais l'histoire de Violette, m'a écrit ce message : « Je t'envoie tout le mana hordier au pied du Vercors pour faire bruisser ta steppe ! » Ravie, j'ai cherché la signification exacte de ce mot, pour me rendre compte qu'il recouvrait beaucoup de significations et n'était pas facile à saisir.

C'est une notion originaire d'Océanie et de Polynésie, où initialement le mana est l'émanation de la puissance du collectif et ce qui le soude. Pour l'anthropologue Marcel Mauss, ce mot recouvre par la suite toute une série de notions : « pouvoir de sorcier, qualité magique d'une chose, chose magique, être magique, avoir du pouvoir magique, être incanté, agir magiquement ». Pour Claude Levi-Strauss également, c'est un mot qui n'a pas de signification particulière mais permet d'exprimer une pensée, comme « truc ou machin » en français.

J'ai retenu pour l'histoire de Violette la définition d'une force à la fois individuelle et collective : quand des êtres en sont habités, le mana confère de la puissance, des dons quasi surnaturels qui tiennent à la fois du sacré et de la magie et peuvent être transmis à d'autres membres du clan.

RÊVES ET ANIMISME

« La nuit, les esprits se détachent des corps et voyagent. Les différences corporelles, matérielles, n'ont alors plus cours

et nous pouvions converser avec les animaux, les plantes, les organismes du sous-sol ou l'eau de la rivière. Nos rêves sont le compte rendu de ces explorations, que l'âme nous confie quand elle réintègre son réceptacle terrestre. Aussi pour nous les rêves et la vie n'étaient pas des espaces séparés, ils formaient un continuum et interpréter les songes était une activité à part entière, qui pouvait même parfois déterminer les activités de la journée. »

Ce passage de l'histoire de Violette est directement inspiré des pratiques qui existent chez certains peuples. L'anthropologue Philippe Descola explique : « Lorsque je séjournais chez les Achuars [une population amazonienne Jivaro qui vit entre le Pérou et l'Équateur], j'ai été frappé par le fait que les gens semblaient entretenir des rapports très étroits, de personne à personne, avec des animaux ou des plantes avec lesquels ils conversaient en rêves et auxquels ils adressaient des incantations. Tout cela les touchait au fond de l'âme. »

De nombreuses cultures ont établi des liens au monde vivant, plantes et animaux mais aussi parfois rivière ou vent, très différents des nôtres. L'être humain n'y est pas considéré comme étant en dehors de la nature, mais en faisant partie. Les peuples dits « animistes » notamment attribuent une âme aux animaux et aux plantes. Pour eux, notre « intériorité », c'est-à-dire les émotions, la conscience, la mémoire ou encore l'aptitude à communiquer, est la même. Seuls diffèrent notre apparence physique et donc les modes d'existence et comportements qui en découlent (langage, alimentation, habitat, déplacement...).

Pour les peuples animistes, le rêve est une des manières de communiquer avec le monde animal ou végétal. L'âme étant distincte du corps, elle peut voyager puis raconter au corps ce qu'elle a vu dans les rêves, qui sont interprétés comme un présage. C'est ainsi que Miyou prévient Princesse Cheyenne en rêve de l'arrivée des berserkers.

La coutume des Oasiens de « se retrouver par petits groupes affinitaires pour se raconter leurs rêves » le matin et de les étudier à plusieurs pour en saisir la signification est aussi pratiquée en Alaska par les chasseurs gwich'in et chez les Even de la région d'Icha au Kamtchatka, étudiés par l'anthropologue Nastassja Martin.

TOTÉMISATION

« *Pendant la cérémonie rituelle, la Nuit de la totémisation, tous les habitants qui le souhaitaient se rassemblaient dans la clairière et faisaient part de leurs suggestions, en fonction du caractère de la personne, de ses attraits et de ce qu'on savait de ses désirs et projets.* »

Comme il existe des cultures animistes, certains peuples sont totémistes : il y a chez eux identification entre groupes humains et espèces animales qui ont en commun d'être en vie, faits de chair et de sang, et de posséder un esprit. On trouve ce totémisme chez les aborigènes australiens ou chez les Chicasaw, Indiens du sud-est des États-Unis, qui selon les travaux de Claude Levi-Strauss associent tel clan ou tel hameau au raton laveur qui se nourrit de poisson et de fruits sauvages, ou au puma qui vit dans les montagnes, évite l'eau et consomme beaucoup de gibier.

Dans l'histoire de Violette, je me suis inspirée plus prosaïquement de son dérivé occidental dans le scoutisme, consistant à attribuer un totem, c'est-à-dire un nom d'animal (ou plus rarement d'une étoile), suivi d'un ou plusieurs adjectifs qualifiant la personnalité, le tout entouré de mystères d'initiés. Si dans l'Oasis les adjectifs restent secrets, comme dans le scoutisme, la cérémonie en revanche y est publique et tous les villageois peuvent contribuer lors de la Nuit de la totémisation. C'est ainsi que vers l'âge de dix ans, tous les enfants reçoivent un nouveau nom de légende, d'être vivant ou de paysage, terrestre ou céleste, qui leur correspond : Apache, Atoll, Atlas, Mars, Ondine, Chimère, Saphir… et Violette.

Dans les totems proposés à Violette, celui de Callisto est issu de la mythologie grecque. Callisto était une nymphe d'une très grande beauté qui, après avoir été violée par Zeus et en avoir eu un fils, fut punie et transformée en ourse. Plus tard, Zeus fit placer Callisto et son fils Arcas (du grec ancien *arktos*, « ours ») dans le ciel, où ils forment les constellations de la Grande et de la Petite Ourse.

DANS L'OASIS

MÈRES SAVANTES ET FEMMES DU ROJAVA

« Il s'agissait, à quelques exceptions près, de femmes âgées, porteuses de nombreuses connaissances dans des disciplines variées, techniques, botaniques, médicales ou rituelles, dont la fonction principale était de conserver la mémoire et de transmettre les savoirs. »

Dans l'Oasis ce sont les femmes les plus sages, justes et expérimentées qui assurent la transmission des savoirs et animent la vie du village, lors des Nuits de totémisation par exemple. Il ne s'agit pas de détenir le *pouvoir* sur les hommes ou les villageois, les oasiens sont réunis et consultés pour les décisions collectives. Il s'agit plutôt de mettre en avant une autre organisation de société.

Les Mères savantes n'ont pas d'équivalent dans notre monde, à ma connaissance. Mais elles sont l'occasion pour moi de rendre hommage aux sorcières qui furent souvent persécutées précisément en raison de leurs connaissances médicales et botaniques, qu'elles mettaient au service de qui en avait besoin, souvent les plus pauvres, ce qui ne plaisait pas aux hommes puissants. C'est aussi un salut aux femmes kurdes du Rojava, un territoire autonome de Syrie du Nord où les femmes ont pris les armes pour lutter contre Daech, où elles montent des coopératives paysannes et entrent en politique pour la première fois. Un territoire où la révolution passe par le féminisme, où les femmes participent aux décisions et obtiennent des droits, ce qui est déjà un immense progrès en soi. Encore aujourd'hui, dans la plupart des pays, la règle reste le patriarcat.

Les sociétés *matriarcales*, au sens où les femmes auraient le pouvoir sur les hommes, n'ont jamais réellement existé selon des anthropologues comme Françoise Héritier : « Il y a eu effectivement des femmes guerrières, des Amazones. Il est vrai, ainsi, que dans certaines sociétés amérindiennes des femmes accompagnaient les hommes à la chasse et à la guerre. Elles ne les dirigeaient pas. Elles accompagnaient les hommes. [...] De même que n'étaient pas matriarcales les sociétés mycéniennes parce qu'elles révéraient des déesses-mères. Le dieu principal était bien cependant une déesse, la Terre. Des cultes étaient rendus à la fécondité, à la fertilité, par le truchement de cette déesse-mère ; Zeus n'a été introduit que par la suite. Mais les croyances religieuses n'impliquent pas que le corps de l'organisation sociale soit en totale harmonie avec l'une ou l'autre de leurs implications. »

BAMBOU, ARGILE ET PEAUX DE BANANE

Lors de mes séjours au Rojava, je me suis rendue dans un village de femmes appelé Jinwar. Seules des femmes peuvent y résider et participer aux décisions qui concernent le village, avec des responsabilités tournantes. La première fois que j'y suis allée, les femmes étaient occupées à fabriquer les maisons du village qui était encore en construction. Des mètres et des mètres de briques en terre séchaient au soleil, comme celles dont parle Princesse Cheyenne quand elle évoque l'argile « qu'on trouvait en bord de rivière et qu'on pouvait mélanger à des herbes sèches et souples avant de les laisser sécher pour obtenir de petites briques d'adobe ».

Là-bas, il y a peu d'argent, peu de matériaux de construction, les gens se débrouillent avec ce qu'ils trouvent sur place, comme c'était le cas partout avant l'expansion du monde. On construisait les maisons avec le bois des forêts, la roche des carrières, la boue, la paille, ce qu'on avait à portée de main (et de bourse).

Dans l'Oasis, rien n'est gâché. Chaque élément est utilisé pour l'ensemble de ses propriétés. L'argile sert à filtrer l'eau, soigner certaines infections, à la confection des récipients et à la construction. Le bambou est tressé pour faire des nattes et renforcer les murs des maisons, il peut aussi devenir kaléidoscope. Les feuilles de bananier servent de toit et les cendres de peaux de bananes, riches en potasse, deviennent de la lessive…

GAZ DE L'OUBLI ET SOUFFLE DU DIABLE

Dans la steppe, Violette et Atticus sont victimes d'une amnésie mystérieuse et Bâton rouge évoque l'existence d'un gaz de l'oubli. On retrouve cette particularité dans l'Oasis avec la caverne de l'oubli : « dans cette caverne, il y a un gaz qui s'échappe, une sorte de source je crois et quand on y passe la nuit, le lendemain on a oublié tous ses soucis ».

Il existe de nombreuses substances qui peuvent provoquer des troubles de la mémoire plus ou moins importants, du cannabis au monoxyde de carbone. Le « souffle du diable » par exemple est un psychotrope, une drogue, qui agit par simple inhalation de quelques secondes. C'est un mélange de deux substances, la scopolamine et l'atropine, qui existent à l'état naturel : la scopolamine dans les feuilles de duboisia, dans les graines et la sève de brugmansia et de datura, deux plantes présentes en France et reconnaissables à leurs longues fleurs en forme de trompette, et l'atropine dans la belladone *(Atropa belladona)*. À forte dose, la scopolamine provoque d'intenses hallucinations, une perte de contrôle et l'amnésie. Elle aurait été utilisée pendant la Seconde Guerre mondiale par les nazis comme sérum de vérité.

Ingurgiter ces substances n'empêche pas de bouger ou de se déplacer, mais on est comme «zombifié».

C'est aussi le cas avec la consommation de jusquiame, dont je parle à propos des berserkers, ou de mandragore, comme avec les « drogues de l'oubli », le flunitrazépam (plus connu sous l'appellation commerciale Rohypnol), le zolpidem ou la kétamine. Dans chaque cas, la victime entre dans un état de confusion et se réveille incapable de se souvenir de ce qu'il s'est passé.

Les «organophosphorés», présents dans certains pesticides, peuvent aussi perturber la mémoire. Ils sont nés de la recherche humaine sur les gaz de combat pendant la Seconde Guerre mondiale. Malheureusement, certains sont encore utilisés aujourd'hui. Ils agissent en paralysant les messagers chimiques qui permettent la transmission d'informations dans le cerveau. Le gaz sarin, par exemple, est 500 fois plus toxique que le cyanure. Il est incolore, inodore et liquide et passe facilement la barrière des poumons.

Le gaz de l'oubli en tant que tel n'existe pas, mais chacun est libre d'imaginer d'anciennes réserves de gaz de combat oubliées, la contamination de cours d'eau ou des sols par la scopolamine, ou encore des poches de monoxyde de carbone dues aux incendies qui parcourent la steppe…

ANACARDIER, KAPOKIER, FLEURS ET ARBRES DE L'OASIS

« Il lui fut tout de même recommandé de boire du jus d'écorce d'anacardier et des décoctions à base de racine de kapokier, ce qui, je m'en souviens, me fit de la peine pour elle, car c'était vraiment très mauvais. »

Tous les arbres de l'Oasis et leurs propriétés naturelles existent dans notre monde actuel, même si les plantes sont beaucoup moins utilisées qu'avant, que ce soit pour se nourrir, se soigner ou pour d'autres usages courants, remplacées par la viande et les plats surgelés, le pétrole, les plastiques et les médicaments.

La végétation décrite dans l'Oasis vient la plupart du temps des zones tropicales (je rappelle que j'ai écrit en plein hiver, j'avais besoin de chaleur !) comme l'anacardier, ou pommier-cajou, qu'on trouve aux Antilles, à la Réunion et en Guyane. C'est sous un cajou que Princesse Cheyenne rencontre Miyou pour la première fois. Son bois est utilisé « aux abords de l'étang pour repousser les insectes » et ses pommes, une fois fermentées, dégagent un « parfum à la fois âcre et sucré, celui de ces jus que les anciens buvaient tard le soir quand nous étions couchés ».

Les manguiers et les figuiers existent aussi bien sûr, mais également le bois violet d'amarante, originaire d'Amérique du Sud, les fleurs d'hibiscus pour soigner toux et angines, les frangipaniers ou encore le paulownia aux fleurs violettes.

Le kapokier hérissé d'épines géantes dans lequel un jeune margay se retrouve prisonnier (je vous conseille de chercher des images d'« épines ceiba », vous serez édifiés !) est aussi appelé arbre à kapok, fromager aux Antilles ou ceiba par les Amérindiens. C'était un arbre sacré chez les Mayas, pour qui il symbolisait l'axe du monde.

Dans l'Oasis, son bois est utilisé pour « confectionner de petits meubles », on se sert aussi de « l'écorce, les racines et les feuilles comme fortifiant, pour réduire la fièvre, les maux de tête ou encore traiter les problèmes de peau ».

Le kapok a longtemps été utilisé en Europe, comme le font les oasiens, pour faire les matelas, et aujourd'hui encore pour rembourrer coussins et oreillers… et les ours en peluche !

« On les voyait sauter de branche en branche dans les paulownias au parfum de violette et les acajous au bois rouge, dans lesquels ils chassaient lézards, petits oiseaux ou rainettes bleues au hasard. »

Le margay, ou chat-tigre, est un petit félin arboricole des forêts tropicales, de la même famille que l'ocelot. Comme on le voit avec Miyou, le margay est furtif et discret, et passe ses journées dans les arbres, où il se nourrit d'oiseaux et de lézards. Ses pattes postérieures très mobiles lui permettent vraiment de « se rattraper d'une patte arrière, grimper en spirale autour des troncs à une vitesse vertigineuse puis redescendre la tête la première. »

Le margay est aujourd'hui menacé par le braconnage et le trafic de fourrure. Il est encore chassé illégalement pour être revendu comme animal de compagnie exotique et souffre aussi de la déforestation : plus les arbres tombent, plus l'activité humaine s'intensifie, plus le margay disparaît.

Un très joli documentaire a été tourné au Guyana et diffusé sur Arte : *La Dernière Chance d'Ocilla*, de Marion Pöllmann et Julia Engels (2019).

« Nous formions une véritable parade composée d'oiseaux multicolores et chahuteurs, d'une troupe éparse de

dik-diks, nos petites antilopes craintives, du clan des six singes hurleurs de l'Oasis et de villageois. »

Comme pour la flore, toute la faune décrite dans l'histoire de Violette existe réellement. Le petit singe-écureuil, aussi appelé Saïmiri commun, pèse moins d'un kilo et vit dans les arbres. Au sud de la Colombie, il se nourrit de noix d'anacardier. Il vit par groupes de 30 à 40 individus, est curieux et très joueur. Le singe-hurleur, en Amérique centrale et Amérique du Sud, est beaucoup plus gros, jusqu'à 15 kilos et il… hurle. Chaque matin, on l'entend dans un périmètre de cinq kilomètres alentour, et quand il se bat avec d'autres singes, c'est encore à coups de hurlements.

Le pika est un petit lièvre siffleur dont le nom scientifique est *ochotona*, qui vit dans des steppes et montagnes rocailleuses où il mange tout ce qu'il trouve, plantes et fleurs, et qui utilise les amas de pierres comme abri contre les intempéries et les prédateurs.

La minuscule antilope dik-dik, qui pèse trois à cinq kilos et ne mesure qu'entre 30 et 43 cm de haut, vit en Afrique de l'Est. Je la soupçonne d'être la menue gazelle qui apparaît au tout début du roman *Le Lion* de Joseph Kessel : « Un bruit semblable à un très furtif roulement de dés attira mon attention vers les marches de bois cru par où l'on accédait à la véranda. Lentement, délibérément, une gazelle gravissait le perron. Une gazelle en vérité, mais si menue que ses oreilles ne m'arrivaient pas aux genoux, que ses cornes étaient pareilles à des aiguilles de pin et que ses sabots avaient la dimension d'un ongle. »

Le nom de Prevalski est inspiré du cheval de Przewalski, du nom de l'explorateur Nikolaï Mikhaïlovitch Prjevalski, qui l'a découvert en 1879 dans les montagnes qui bordent le désert de Gobi.

C'est un cheval court (1,30 m en moyenne au garrot) et à l'aspect massif, avec une grosse tête, une forte encolure, « la robe jaune sable, la queue et l'extrémité des pattes noires ». C'est une espèce férale, c'est-à-dire qu'elle a été domestiquée il y a cinq mille cinq cents ans, puis est retournée à l'état sauvage, comme Buck… Le cheval de Przewalski ne peut être généralement ni dressé ni monté. Les sens très développés, particulièrement puissant et rapide, il survit avec très peu de nourriture et endure des températures de chaud et de froid extrêmes. En France, un petit troupeau existe sur le causse Méjean en Lozère et dans une réserve biologique dans les Alpes maritimes.

Enfin, l'alpaga, qui fournit la laine aux villageois de l'Oasis, est de la famille des camélidés et vit dans la cordillère des Andes (Argentine, Bolivie, Chili, Équateur, Pérou). Il ressemble à un petit lama, ou à un gros mouton au long cou, mais sa laine est réputée plus douce, plus chaude, plus résistante et plus légère.

PLUS DE LUMIÈRE !
(ALBEDO ET VIVIDE)

« Allez viens, petit albedo, rentrons. »

Ce surnom affectueux que donne Violette à Princesse Cheyenne, et qu'une Mère savante va lui rappeler pour la guérir après le départ de Têtard, est une notion utilisée en astronomie, climatologie et géologie. Elle désigne le pouvoir réfléchissant d'une surface : Princesse Cheyenne serait comme un éclat de lumière sur une lame ou un morceau de verre. Par exemple, la lave a un albedo très faible de 0,04 et réfléchit peu la lumière : elle apparaît noire ; le sable qui devient vite éblouissant au soleil a un albedo compris entre 0,25 et 0,30 ; la glace environ 0,60 et l'albedo de la neige peut aller jusqu'à 0,90.

Plus l'albedo est important, plus le rayonnement du soleil est renvoyé sans réchauffer la Terre. L'impact en matière de dérèglement climatique est donc très important et peut même provoquer des effets d'emballement qu'on appelle « boucles de rétroaction positive ». Par exemple, le réchauffement climatique fait fondre la glace des pôles et laisse apparaître la terre, plus sombre, qui se trouve en-dessous, ce qui diminue l'albedo et augmente à son tour la température de la planète – donc le réchauffement…

« Elle m'appela "Cheyenne, Princesse Vivide". Et je sus que j'étais guérie. »

Comme pour le diminutif «albedo» que Violette donne à Princesse Cheyenne, son adjectif de totémisation «vivide» désigne une chose ou une personne qui possède un éclat particulièrement vif, éclatant, presque éblouissant.

« Aucun ours ne vivait dans l'Oasis, j'en avais vu un passer dans la forêt en l'an – 5 mais j'étais très jeune alors et j'en gardai peu de souvenirs. »

« C'était en l'an – 10. Ciel, tant de choses se sont passées depuis… »

« En l'an – 4, la caravane de fer est revenue. »

Vous l'avez peut-être remarqué, au lieu d'indiquer une date à partir d'une « année zéro » comme nous le faisons dans nos sociétés, Princesse Cheyenne indique les dates en partant de l'année en cours. Je vais être honnête : je ne sais plus du tout comment est venue cette idée de dater ainsi le calendrier de l'Oasis. Je me souviens seulement que c'est en lien avec la lecture d'une nouvelle de l'autrice étatsunienne Ursula K. Le Guin. Dans ce texte, elle critique la vision linéaire et euclidienne, sur un seul et même plan, du temps. Elle raconte ainsi que les Indiens Cree des Marais, observant un porc-épic qui entre à reculons dans la faille d'un rocher pour prudemment guetter ses ennemis et plus généralement ce qui vient, disent : *Usà puyew usu wapiw,* soit « Il recule mais regarde devant lui ». Et Ursula Le Guin ajoute : « Si nous voulons spéculer en toute sécurité sur un avenir habitable, nous ferions mieux de trouver une faille et d'y entrer à reculons. »

Puisse l'histoire de Violette devenir notre faille de légende, un refuge où l'on peut entrer à reculons afin de ne jamais cesser d'envisager l'avenir.

SOMMAIRE

PREMIÈRE PARTIE. LA STEPPE

DEUXIÈME PARTIE. L'OASIS

TROISIÈME PARTIE. RUPTURES ET MÉTAMORPHOSES

« TOUT EST VRAI »
GLOSSAIRE, SYMBOLIQUE ET COULISSES

Corinne Morel Darleux
Là où le feu et l'ours

Illustration de couverture
par Cyril Pedrosa

Édition préparée
par Charlotte Dugrand,
Lena Lambla-Kerveillant,
Bruno Bartkowiak
et Nicolas Norrito

Éditions Libertalia
12, rue Marcelin-Berthelot
93100 Montreuil
www.editionslibertalia.com
Indicatif éditeur : 978-2-9528292

Diffusion et distribution
HARMONIA MUNDI *livre*

Reproduit et achevé d'imprimer
sur les presses de la Scop Laballery à Clamecy (58)
le 7 avril 2021
Premier tirage : 3 500 exemplaires
Dépôt légal : 2e trimestre 2021
N° d'impression : 103787
Imprimé en France